부끄러움

부끄러움

LA HONTE

아니 에르노_이재룡 옮김

비채

필립 V.에게

LA HONTE

언어는 진실이 아니다.
그것은 우리가 우주 속에서 존재하는 방식이다.

폴 오스터, 《고독의 발명》

내게 글쓰기는 헌신이었다. 나는 글을 쓰면서 많은 것을 잃었다. 하지만 글쓰기가 없다면, 실존은 공허하다. 만일 책을 쓰지 않았다면 죄책감을 느꼈을 것이다. **아니 에르노**

LA HONTE

차례

본문에서 •는 저자주이며, *는 옮긴이주입니다.

6월 어느 일요일 정오가 지났을 무렵, 아버지는 어머니를 죽이려고 했다. 나는 평소처럼 12시 15분 전에 미사를 드리러 갔었다. 나는 과자를 사러 전쟁이 끝난 후 재건 중인 건물들이 완공될 때까지 임시로 가설된 건물들이 모인 종합시장 안에 자리 잡은 제과점에 가야 했다. 집으로 돌아온 나는 주일용 외출복을 벗고 물빨래하기 쉬운 치마로 갈아입었다. 가게 손님도 모두 돌아간 후 우리는 진열장 덧문을 내리고 라디오를 켜놓은 채 식사하고 있었던 것 같은데, 그 시간만 되면 라디오에서 〈재판정〉이라는 프로그램이 나왔기 때문이다. 판사가 떨리는 목소리로 자질구레한 죄를 저지르는 건달 역을 맡은 이브 드니

오에게 가소로운 벌을 선고하는 코미디였다. 어머니는 심기가 불편해져 있었다. 아버지와 한바탕 벌인 말다툼은 밥상머리에 앉은 후에도 한동안 멈춰지지 않았다. 그릇을 치우고 밀랍을 입힌 식탁보를 걷어낸 뒤에도 어머니는 화가 날 때마다 그랬듯이 식당과 식품점을 겸하는 가게와 이층으로 연결된 계단 사이에 끼어 있는 쥐구멍만 한 부엌에서 꿈지럭거리며 연신 아버지에게 비난을 퍼부었다. 아버지는 창가 쪽으로 고개를 돌린 채 식탁에 묵묵부답 앉아 있었다. 그러다 돌연 발작적으로 몸을 부르르 떨고 숨을 가쁘게 내쉬더니 자리에서 벌떡 일어나 한번도 들어본 적 없는 탁한 목소리로 악을 쓰고는, 내가 보는 앞에서 어머니를 붙잡고 식당으로 질질 끌고 나왔다. 나는 이층으로 도망쳐 침대로 몸을 던지고는 베개 속에 머리를 파묻었다. 이내 어머니의 비명과 함께 "애야!" 하는 목소리가 식당 쪽 지하실에서 들려왔다. 나는 계단을 뛰어 내려가며 온힘을 다해 악을 썼다. "사람 살려요!" 어두컴컴한 지하실에서 아버지는 어머니의 어깨인지 목덜미인지를 틀어쥐고 있었다. 아버지 손에는 나무둥치에 박혀 있던 전지용 낫이 들려 있었다. 지금 기억나는 건 울음소리와 비명뿐이다. 그런 후 우리 세 식구는 다시 부엌에 모였다. 아버지는 창가에 앉아 있었고, 어머니는 싱크대 옆에 서 있었으며, 나는 계단 끝에 쭈그려 앉아 있었다. 나는 울음을 멈출 수 없었다. 아버지는 정상으로 되돌아오지 않았다. 연신 손을 떨었고 목소리는 여전히 낯선 사람처럼 들렸다. 아버지는 "넌 왜 울어, 내가 너한테 무슨 짓을 했다고"라는 말만 되풀이했다. 그때 내가 대꾸했던 한마디가 기억난다. "아빠가 내 불행을 벌어놓은 거야•." 어머니는 "자, 이젠 끝났다"라고 말했다. 그러고 나서 우리 셋 모두 자전거를 타고 근처에 산책을 나갔다. 돌아오자 아버지는 여느 일요일 저녁과 마찬가지로 다시 식당 문을 열었다. 그리고 그 일은 더 이상 문제 삼지 않았다.

그것은 1952년 6월 15일의 일이다. 내 유년 시절의 정확하고 분명한 첫 번째 날. 그전에는 칠판과 노트에 적힌 날짜와 하루하루의 흐름이 있었을 뿐이었다.

• "불행을 벌다"는 표현은 공포스러운 일을 겪은 후 영원히 미치거나 불행해진다는 뜻의 노르망디 사투리이다.

훗날 몇몇 남자들에게 나는 "내가 열두 살쯤에 아버지가 어머니를 죽이려고 했었어"라고 말한 적이 있다. 내가 이 문장을 말하고 싶었다는 것은 그들을 무척 사랑했다는 의미였다. 그 남자들은 이 말을 듣고는 모두 입을 굳게 다물었다. 나는 내가 실수했고, 그들은 이 말을 받아들일 수 없다는 것을 깨달았다.

나는 처음으로 이 장면을 글로 옮겼다. 지금까지는 일기에서조차 이렇게 쓰는 것이 불가능하게 여겨졌다. 마치 징벌을 야기하는 금지된 행위처럼. 어떤 글이든 더 이상 쓸 수 없게 되는 금기. (이전처럼 여전히 글을 쓸 수 있으며 아무런 끔찍한 일도 벌어지지 않았다는 것을 방금 전에 확인하니 드는 일종의 안도감.) 심지어 이 이야기를 털어놓자 이런 일들이 내가 상상했던 것보다 자주 다른 가정에서도 벌어지는 평범한 일일지도 모른다는 생각마저 든다. 글, 모든 글은 가장 극적인 것을 포함한 어떤 행위도 정상적인 것처럼 만들어버리나 보다. 하지만 애인에게 털어놓은 것을 제외하면, 이 장면은 여전히 언어도 영상도 없는 듯한 이미지로 가슴속에 간직되었기 때문에, 이를 묘사하려고 사용한 단어들이 낯설고 무례하게까지 느껴진다. 이것은 남들을 위한 하나의 장면이 되었다.

이 이야기를 시작하기 전만 해도 나는 자세한 부분까지 낱낱이 떠올릴 수 있으리라 믿었다. 그런데 사실 내가 기억하고 있는 것들이란 그저 그때의 분위기나 부엌에서의 각자의 위치, 몇 마디 말뿐이었다. 말다툼의 발단이 무엇이었는지, 어머니가 점원이 입는 하얀 작업복 차림이었는지 산책을 나가려고 옷을 갈아입었는지, 우리가 무엇을 먹었는지, 그 모든 것이 기억나지 않는다. 평소와 다름없는 분위기, 미사 참례, 제과점에 대한 것 외에 그날 일요일 아침에 대한 정확한 기억은 하나도 없다(물론 나중에 다른 사건들을 이야기할 때와 마찬가지로, 이 장면이 일어나기 전으로 거슬러 올라가야만 하는 경우도 자주 있을 것이다). 하지만 그날 나는 하얀 물방울무늬의 파란색 원피스를 입고 있었다고 확신한다. 왜냐하면 이 년 동안 여름에 그 옷을 입을 때마다 "이게 그날의 옷이야"라고 생각했기 때문이다. 또한 그날의 날씨가 태양과 구름과 바람이 뒤섞였다는 것도 확신한다.

그 후 그 일요일은 나와 이전의 나에 대한 모든 것 사이를 가르는 어떤 장막처럼 남게 되었다. 평소처럼 놀고 읽고 행동했지만 나는 건성으로 살았다. 모든 게 가식적으로 되었다. 예전에는 알려고 마음먹으면 한 번만 읽어도 충분했던 수업 내용도 머릿속에 잘 들어오지 않았다. 자기 능력을 믿는 학생이었던 나의 시큰둥한 태도는 그 어느 것에도 집중하지 못하는 일종의 초의식으로 대체되었다.

그 일은 도덕적 판단을 내릴 수 없는 사건이었다. 나를 사랑하는 아버지가 나를 사랑하는 어머니를 제거하려 했던 것이다. 어머니는 아버지보다 기독교 신앙심이 돈독했고 모든 돈을 관리했으며 내 담임선생님들을 만났으니, 어머니가 아버지나 내 앞에서 큰소리치는 것은 당연하다고 생각했다. 어디에도 잘못은 없고 죄인도 없었다. 다만 나는 아버지가 어머니를 죽여서 감옥에 가는 사태를 막아야만 했다.

그 일이 다시 되풀이되리라 확신한 나는 언제 그 장면이 다시 일어날지를 몇 달, 어쩌면 몇 년 동안 기다렸던 것 같다. 손님들이 있으면 안심했고, 저녁이나 일요일 오후 우리 가족만 남게 되는 순간이 두려웠다. 부모님 사이에서 언성이 조금만 높아져도 바짝 긴장이 되고 아버지의 얼굴과 손을 감시했다. 갑자기 정적이 감돌면 불행이 다가오는 것처럼 느껴졌다. 학교에 있을 때에도 집에 돌아가면 일이 이미 벌어져 있는 걸 보게 되지 않을까 하는 생각이 들었다.

어머니와 아버지가 미소를 짓거나 공범자 같은 폭소 또는 농담으로 서로에게 애정 표현을 할 때면 예전으로 돌아간 것 같았다. 그 사건은 그저 '나쁜 꿈'에 불과했다. 그러나 시간이 지난 뒤 그런 애정 표현은 오로지 그것이 표현되는 순간에만 의미가 있을 뿐 미래에 대해선 어떤 것도 보장할 수 없음을 알게 되었다.

당시 라디오에서는 술집에서 불쑥 벌어진 싸움판을 흉내 내며 이를 연상시키는 이상한 노래가 자주 흘러나왔다. 침묵의 시간이 흐르다가 "파리 날아가는 소리도 들리겠네"라고 속삭이는 목소리가 들리고, 뒤이어 바로 혼란스런 말과 비명이 폭발했다. 나는 매번 고통에 사로잡혔다. 어느 날 이모부가 읽고 있던 탐정소설을 내밀면서 말했다. "만약 아빠가 살인범도 아닌데 살인죄로 기소된다면 너는 어쩌겠니?" 나는 온몸이 얼어붙었다. 나는 실제로 일어나지도 않은 비극의 장면을 도처에서 보았다.

그 비극은 다시는 되풀이되지 않았다. 아버지는 십오 년 후 6월, 그날처럼 일요일이었던 어느 날에 돌아가셨다.

이제야 나는 깨닫는다. 나의 부모님은 이미 그 일요일의 장면, 그리고 아버지의 행동을 다시 끄집어내어 해명 혹은 사과를 주고받고 나서 전부 잊기로 결정했는지도 모른다. 예를 들어 어느 날 밤 정사를 나눈 뒤에 말이다. 그 당시에는 하지 못했던 다른 생각들과 마찬가지로, 이 생각도 너무 한참 뒤에야 떠올랐다. 이런 생각은 그 일요일이 내게 의미했던 언어 없는 공포를, 그 부재감을 저울삼아 가늠하는 데에나 쓰일까, 지금은 아무 소용도 없다.

8월, 영국인들이 남쪽 지방의 후미진 길가에 텐트를 치고 야영했다. 아침에 잭 드러먼드 경과 그의 부인 앤 그리고 딸 엘리자베스가 살해당한 채 발견되었다. 가장 가까운 데 있던 농장은 이탈리아 출신 도미니치 집안의 소유였고, 제일 먼저 그 아들 귀스타브가 세 사람을 살해한 용의자로 지목되었다. 도미니치 집안 사람들은 프랑스어를 제대로 하지 못했다. 아마 드러먼드 경 집안 사람들이 더 잘했을 것이다. 내가 아는 영어나 이탈리아어는 기차 창가에 쓰인 "창밖으로 몸을 내밀지 마시오"라는 프랑스어 문장에 덧붙여진 "Do not to lean outside"나 "E pericoloso sporgersi"가 전부이다. 여유 있는 사람들이 호텔에 묵지 않고 노숙을 좋아한 것이 이상하다고 다들 말했다. 나는 부모님과 함께 길가에서 죽은 내 모습을 상상해보았다.

내게는 이해와 관련된 사진이 두 장 있다. 하나는 내가 세례받을 때 찍힌 사진이다. 음각으로 회오리무늬가 장식된 종이 액자에 끼워진 채 반투명 종이에 덮여 있는 흑백 '예술사진'으로, 사진사의 서명도 있다. 사진에는 말끔한 피부에 환한 표정을 짓고 있고, 도드라진 광대뼈에 콧구멍이 커다랗게 부풀어 콧방울이 동글동글해진 소녀가 있다. 밝은 색의 두터운 테 안경이 광대뼈 위로 흘러내리고, 눈은 카메라를 뚫어져라 노려보고 있다. 파마를 한 짧은 머리가 턱에 느슨하게 붙들어 맨 모자의 앞뒤로 튀어나와 있다. 그리고 입가에는 가느다란 미소가 흐르고 있다. 파마머리와 안경 탓에 겉늙어 보이는 심각한 표정의 어린 소녀. 솜을 넣은 두툼한 반침대에 팔꿈치를 괴고 고해성사 반지를 낀 커다란 손을 모아 뺨 아래를 받쳤으며, 손을 감싸고 있는 묵주는 기도서로 흘러내리고, 장갑은 기도대에 가지런히 놓여 있다. 모자와 마찬가지로 느슨하게 묶은 허리띠와 모슬린 옷 안의 여물지 않은 몸매. 어린 수녀 같은 옷 안에 몸이 없는 것처럼 느껴지는 것은, 지금의 내가 내 몸을 느끼듯이 그때의 몸을 상상할 수 없기 때문이다. 그 몸과 지금의 몸이 동일한 것이란 생각을 하면 놀라울 따름이다.

이 사진은 1952년 6월 5일에 찍은 것이다. 1951년 첫 영성체 날에 찍은 것이 아니라, 나도 그 이유는 모르지만, 일 년 후 같은 옷을 입고 같은 의식을 반복한 '견진 성사' 때 찍은 것이다.

조그만 사각형의 또 다른 사진에서 나는 아버지와 함께 화분으로 장식된 담장 앞에 있다. 1952년 8월 말, 아마도 루르드로 단체 관광을 갔을 때, 바다를 따라 나 있지만 바다가 보이지 않는 산책길을 걷다가 비아리츠에서 찍은 것이리라. 내 머리가 173센티미터인 아버지의 어깨에 아슬아슬하게 닿았으니 내 키는 고작 160센티미터에도 못 미쳤을 것이다. 석 달 동안 기른 머리는 곱슬거리는 왕관 모양이 되어 이마를 둘러싼 리본으로 묶여 있었다. 사진은 부모님 중 한 분이 전쟁 전 어떤 공진회에서 상품으로 탄 육면체 사진기로 찍은 것이라 아주 흐릿했다. 얼굴과 안경은 알아보기 힘들었지만 커다랗게 지은 미소만은 확연하게 드러났다. 나는 기독교 학교의 청년 축제 때 입었던 유니폼인 흰 치마에 흰 블라우스 차림이었다. 엉덩이에 달라붙었다가 펑퍼짐하게 퍼진 치마 때문인지 블라우스의 소매를 걷어 올린 내 모습은 가늘고 납작하게 보였다. 이런 차림을 한 나는 키 작은 아낙네 같았다. 아버지는 짙은 색 재킷에 밝은 색 와이셔츠와 바지, 짙은 색 넥타이 차림이었다. 모든 사진에서 그렇듯, 아버지는 예의 긴장된 표정에 웃음을 짓는 둥 마는 둥 하고 있었다. 내가 이 사진을 간직하고 있는 것은, 아마도 다른 것들과는 달리, 우리가 원래 모습이 아니라 멋쟁이나 도회지 사람처럼 보였기 때문일 것이다. 이 두 사진 중 어느 것에서도 나는 엉성하게 튀어나온 썩은 치아 때문에 입을 벌리고 웃지 않는다.

나는 머릿속이 텅 빌 때까지 이 사진을 뚫어져라 바라본다. 이렇게 시선을 고정하면, 마침내 어느 날 비아리츠에서 아버지와 함께 찍은 기도대의 어린 소녀의 몸과 머리 안으로 내가 이입이라도 될 것처럼. 하지만 누가 이 사진을 처음 보여주기 전까지 나는 한번도 이 사진을 본 적이 없었으며, 이 소녀가 나라고도 믿지 못했을 것이다. (“이게 나구나”라는 확신, “이건 내가 아니야”라며 스스로를 인정하는 것의 불가능성.)

두 사진 사이에는 기껏해야 세 달의 시차가 있을 뿐이다. 첫 번째 사진은 6월 초, 두 번째 사진은 8월 말에 찍은 것이다. 두 사진은 서로 크기나 화질이 너무 달라 몸매나 얼굴에 있을 법한 분명한 변화를 드러내지 못했지만, 내가 보기에 그것은 두 개의 시간에 있는 경계선을 나타내고 있다. 하나는 유년 시절을 마감하는 성체 성사를 받는 소녀의 사진이며, 다른 하나는 아직도 여전히 부끄러움에서 벗어나지 못하는 시절을 시작하는 사진이었다. 어쩌면 이것은 역사학자처럼 그해 여름의 지속적인 시간의 흐름을 정확한 시간 단위로 분절하고픈 욕망과 관련된 것이리라. ('그해 여름' 혹은 '내 열두 살 때의 여름'이라고 말하는 것은 1995년 여름 현재에나 그 당시에나 모두 결코 소설적이지 못한 사건을 소설적인 것으로 만드는 것일텐데, '그해 여름'이란 표현이 환기하는 그 마술적인 환상 속으로 그 사건이 들어갈 수 있다는 것은 상상조차 할 수 없다.)

내게 남은 그 시절의 물질적 흔적으로는 다음과 같은

것들이 있다.

엘리자베스 2세의 흑백사진이 박힌 엽서 한 장. 그것은 르아브르에 사는 부모님 친구의 손녀가 대관식 기념 축제를 보러 영국으로 단체 여행을 다녀오면서 내게 선물한 것이다. 그 엽서를 처음 받았을 때부터 뒷면에 있는 누렇고 작은 얼룩진 점 하나가 눈에 거슬렸다. 엽서를 볼 때마다 그 얼룩이 생각난다. 엘리자베스 2세는 뒤로 넘긴 짧은 검은 머리와 짙은 색 립스틱을 칠해 두툼해 보이는 기다란 입술에, 먼 곳을 바라보는 옆모습이었다. 왼손으로는 모피 코트의 앞섶을 누르고, 오른손에는 부채를 든 그녀가 내 눈에 예쁘게 보였는지 어쨌는지는 기억나지 않는다. 그녀가 여왕이었기에 아마도 그런 생각은 엄두도 내지 못했을 것이다.

빨간 가죽으로 된 작은 바느질 주머니. 그 속에 액세서리, 가위, 뜨개바늘, 펀치 같은 연장은 없다. 학교에서 유용하게 쓰일 것 같아 남몰래 골랐던 크리스마스 선물.

리모주 성당 내부가 그려진 엽서 한 장. 루르드로 단체 여행을 갔을 때 어머니에게 보낸 것이다. 뒷면에는 굵은 필체로 "리모주에서. 호텔은 아주 좋고 외국인이 엄청나게 많소. 당신에게 키스를"이라는 글이 쓰여 있다. 그리고 내 이름과 '아빠'라는 글자. 주소를 쓴 사람은 아버지이다. 거기에는 1952년 8월 22일자 소인이 찍혀 있다.

그림 엽서 한 질. '루르드에 있는 중세의 성이자 피레네 박물관'에 관한 것으로, 우리 가족이 이곳을 방문했을 때 내가 산 것이다.

노래 〈쿠바 여행〉의 악보. 표지에 파트리스와 마리오, 에티엔 자매, 마르셀 아졸라, 장 사블롱 등 이 노래를 부르거나 연주한 연예인의 이름이 쓰여 있는, 작은 보트들이 그려진 두 쪽짜리 파란색 악보이다. 공부에 도움되지 않는 쓸모없는 것을 산다고 꾸지람하는 어머니를 설득해 돈을 받아낸 것을 보니, 예전에 각별히 좋아했던 노래였던 것 같다. 이 노래 외에도 루르드 단체 여행 때 관광버스 운전기사가 흥얼거리던 〈내사랑〉 〈멕시코〉 같은 노래가 그해 여름의 히트곡이었다.

세례식 사진에서 장갑 낀 손에 있던 기도서. 동 가스파르 르페브르의 《로마저녁미사경본》 브뤼주 출판사판이다. 페이지마다 두 단으로 나뉘어 한쪽에는 프랑스어, 다른 쪽에는 라틴어로 쓰였고, 책 중간쯤에 오른쪽 페이지는 프랑스어, 왼쪽 페이지는 라틴어로 된 '일반인을 위한 미사'가 끼여 있다. 첫 장에는 1951년부터 1968년까지의 제례 및 축제 달력이 붙어 있다. 이 책은 시간을 초월한 것이며 수세기 전에 쓰인 것이어서 날짜가 이상해 보인다. 은밀한, 점증적인, 특징적인 단어들이 쉴 새 없이 튀어나온다. (그런 단어를 이해하려고 노력을 했었는지는 기억나지 않는다.) 비밀스런 언어로 쓰인 것처럼 보이는 이 책을 뒤적이다 보니 속이 울렁거릴 정도로 깊은 충격이 엄습했다. 모든 단어가 눈에 익고 심지어 책을 보지 않고도 '하나님의 어린 양'이나 다른 짧은 기도문을 줄줄 욀 수 있을 것 같았다. 그 당시 그렇게 하지 않으면 죄악이라 믿었기에 열심히, 아마도 열광적으로 매주 주일이나 축일에 그 책을 읽고 또 읽었을 어린 소녀가 바로 나였다는 것이 믿기지 않는다. 두 장의 사진이 1952년의 내 몸을 증언하는 물증인 것과 마찬가지로, 이리저리 이사를 다니면서도 굳이 간직했다는 사실만으로도 결코 예사롭지 않은 이 기도서는, 이제는 느낄 수 없지만 당시 나의 종교적 세계에 대한 부정할 수 없는 물증이다. 내 인생에서 영원한 두 가지 욕망인 여행과 사랑에 대해 노래한 〈쿠바 여행〉의 악보 앞에서는 이 같은 불편한 감정을 느끼지 않았다. 조금 전에도 나는 흥에 겨워 그 노래의 한 구절을 흥얼거렸다. "여자 둘, 남자 둘 / 우리는 조그만 나무 보트를 탄다 / 보트 이름은 상냥한 니나 / 우리는 쿠바로 가고 있었지."

며칠 전부터 나는 1952년 6월의 일요일과 함께 있었다. 그 사건에 대해 쓸 때면 그때 일이 '또렷하게' 보였다. 형태도, 색깔도. 심지어 목소리까지도 들렸다. 지금 그 장면은 흐릿하고 앞뒤가 맞지 않는 무성영화로 변해 마치 해독 장치도 없는 유선방송을 보는 듯한 느낌이다. 그 장면을 언어화한다 해도 의미의 부재가 달라지지는 않는다. 1952년부터 항상 그래왔듯, 그것은 광기와 죽음의 장면이었고, 나는 내 삶의 다른 사건들의 고통을 가늠하기 위해 항상 그 장면과 비교했지만, 그와 같은 것을 찾아내지 못했다.

활자화된 글로 복원하고픈 욕구, 다른 어떤 것도 시도할 수 없다는 좌절감 등의 징후로 미루어보아 내가 이렇게 책을 쓰고 있다는 것은 단숨에 모든 것을 노출하는 위험을 무릅썼다는 것을 의미한다. 하지만 날것의 사실들일 뿐, 노출된 것은 아무것도 없다. 수년 전부터 고정된 이 장면, 나는 이것을 꿈틀거리게 만들어서 이 장면으로부터 신성한 징후를(예를 들어 이 장면이 나로 하여금 글을 쓰게 만들고, 내 책의 밑바닥에 깔린 것이 바로 이 장면이라는 믿음 같은 것) 박탈하고자 했던 것이다.

나는 정신분석이나 가족심리학에 아무것도 기대하지 않는다. 위압적인 어머니, 그런 어머니를 죽이겠다고 위협해서 그녀의 복종심을 파괴한 아버지 등. 이러한 초보적 결론이라면 이미 옛날에 어렵지 않게 얻어냈을 것이다. "그건 가족에 대한 정신적 외상과 관련된 문제입니다" 혹은 "유년 시절의 신의 이미지가 그날부터 몰락한 겁니다" 같은 말은 그 장면에 대한 어떤 해석도 하지 못하며, 그 순간 떠오른 **불행을 벌다**라는 표현만이 그 장면을 생생하게 그려낼 수 있다. 추상적 단어들은 그저 공허하게 들릴 뿐이다.

어제 나는 매일 우리 집에 배달되던 일간지 〈파리-노르망디〉의 1952년분을 열람하기 위해 루앙 고문서 보관소에 갔다. 그해 6월의 신문을 들추는 순간 **불행을 벌 것만** 같아서 지금껏 엄두를 내지 못하고 미뤄왔다. 계단을 올라갈 때에는 끔찍한 약속장소에 가는 느낌이 들었다. 시청 꼭대기 방에서 여자 직원이 1952년도 신문이 빠짐없이 들어 있는 시커먼 서류철 두 권을 가져다주었다. 나는 1월 1일자부터 훑어보기 시작했다. 6월 15일자에 다다르는 순간을 마냥 늦추면서 그날 이전의 순수했던 나

날에 빠져들고 싶었다.

1면 오른쪽 상단에는 가브리엘 신부의 일기예보가 실려 있었다. 나는 이 기사에 덧붙일 게 없었다. 놀러 나갔거나 산책을 하거나 자전거를 타지는 않았다. 계절의 변화가 두드러졌던 그날, 흘러가는 구름의 행렬이나 간간이 비치는 햇살, 급작스런 강풍에서 나는 부재중이었다.

기사에서 말하는 대부분의 사건, 인도차이나 전쟁이나 한국전쟁, 오를레앙스빌의 폭동, 앙투안 피네*의 경제정책 등 신문에 난 사건은 대체로 나도 알 만한 것이었으나, 이는 훗날에 기억한 것들일 뿐, 1952년에는 그런 일이 있었는지 몰랐다. "사이공에서 폭탄 자전거 여섯 대 폭발"이라든지 "자크 뒤클로**, 국가 안보에 심각한 위해를 가한 혐의로 프렌에서 검거되다" 같은 사건과 1952년의 나와는 어떤 연관도 지을 수 없었다. 옐친, 클린턴 혹은 콜처럼 스탈린이나 처칠, 아이젠하워도 내게는 멀쩡하게 살아 있는 것처럼 보이는 것이 이상했다. 나는 아무것도 분간할 수 없었다. 마치 그 시절을 살지 않은 것처럼.

* 드골 정권의 재무부 장관.

** 프랑스 공산당 당서기, 상원의원.

앙투안 피네의 사진을 보았는데, 늙어 쇠약해진 현재의 모습이 아니라 이십 년 전의 발레리 지스카르 데스탱*의 모습과 너무 흡사해 깜짝 놀랐다. '철의 장막**'이란 표현은 여자 선생님이 장막 너머에 있는 기독교인을 위해 묵주 신공을 드리라고 했던 초등 사립학교 교실로 돌아간 듯한 느낌을 주면서, 남자와 여자들이 커다란 강철 장벽에 몸을 내던지는 장면을 떠오르게 했다.

하지만 〈프랑스-수아르〉의 마지막 면에 한동안 실려 있던 것과 비슷한 〈푸스티케〉란 시사 풍자 만화는 대번에 기억이 났고, 그날그날 있었던 웃기는 소사들이 과연 나를 웃겼는지 생각해보았다. 유머 코너에는 이런 이야기가 실렸다. "여보슈, 강태공, 잘 뭅니까?" "천만에요, 그럴 리가 있나요. 모샘치***인데, 이놈들은 그리 사납지 않거든요." 또한 Y시에 들어오기 전에 루앙에서 먼저 개봉한

* 제20대 프랑스 대통령(1974~1981년).

** 냉전 시대 구소련의 폐쇄성을 이르는 말.

*** 잉어과의 민물고기.

〈카프리의 연인〉 〈멋진 내 마누라〉 같은 영화 제목이나 광고도 낯익었다.

크루아상을 먹다가 급사한 두 살배기 아기, 장난삼아 보리 난가리에 숨어 있던 아들의 다리를 낫으로 잘라버린 농부, 크레이에서 폭탄 파편에 죽은 아이 셋에 대한 기사처럼 끔찍한 사건도 매일매일 있었다. 무엇보다도 내가 읽고 싶었던 것이 이런 기사들이었다.

버터와 우유 값에 관한 기사가 1단에 올라 있었다. 구제역에 대한 정보, 농촌 부인을 취재한 기사, 라피크린이나 오스포르신 같은 동물 치료제 광고에서 알 수 있듯이 신문에는 농촌 관련 내용이 큰 비중을 차지하고 있었다. 환약이나 탕약 광고로 미루어보아 많은 사람들이 기침을 앓았거나 의사는 구경도 못 해서 이런 약들로 자가 치료를 했을 것이다.

토요일 신문에는 "주부를 위하여"란 기사가 있었다. 거기에 실린 여성 상의와 비아리츠에서 찍은 사진에서 내가 입고 있던 상의가 대충 비슷하다는 것을 알 수 있었다. 그러나 그것 외에는 어머니나 나나 신문에서 제안하는 식으로 옷을 입지 않았던 것이 확실했고, 사진 속의 내 파마머리 스타일은 신문에 나와 있지 않았다.

6월 15일자 주말 신문에 이르렀다. 1면에는 이런 기사가 실렸다. "밀은 예상량보다 추가로 10퍼센트 증산" "르망 자동차 경주대회, 예상되는 우승자가 없다" "자크 뒤클로, 파리에서 장시간 심문받다" "조엘 양의 시체, 열흘간의 수색 끝에 그의 부모 집 근처에서 발견, 구덩이에 떠밀어 죽였다고 이웃집 여자가 자백" 등등.

나는 신문을 더 읽고 싶지 않았다. 문서 보관소 계단을 내려오다가 이곳에 온 이유가 그날의 사건을 1952년도 신문에서 찾기 위해서였다는 생각이 났다. 그리고 한참 후, 그날의 사건이 르망 자동차 경주장에서 자동차들이 지칠 줄 모르고 으르렁대던 동안 일어났음을 알고 나는 경악했다. 이 두 장면을 비교한다는 것이 내게는 상상조차 할 수 없는 일이었다. 그 일요일에 내가 겪었던 그 장면을 전세계에서 벌어진 사건들에 견줄 때마다 나의 가습은 경악으로 짓눌린다는 것이다.

〈파리-노르망디〉를 뒤지다가 나는 그 당시 기뻐하며 메모했던 사건, 영화, 광고 목록을 발견했다. 이런 종류의 자료에서 내가 기대할 수 있는 것은 아무것도 없다. 당시에는 자동차나 냉장고가 그리 많지 않았고, 1952년에 가장 인기 있던 비누가 럭스였다는 사실을 확인하는 것은 1990년대에는 컴퓨터와 전자레인지, 냉동식품이 있다는 사실을 나열하는 것만큼이나 의미 없다. 사물의 사회적 분배는 그 존재 자체보다 훨씬 의미 있는 것이다. 1952년에 남들은 욕실을 가졌지만 우리는 싱크대도 없었다는 것은, 오늘날 누군가는 '아네스 베'가 디자인한 옷을 입고 우리는 '프로기'에서 옷을 사 입는다는 것만큼이나 중요한 차이이다. 시대 간의 차이에 대해서 신문은 단지 집단적 기호만을 제시할 뿐이다.

내게 중요한 것은 나 자신이나 주변 세계를 생각할 때 사용했던 단어들을 되찾는 일이다. 정상적인 것과 용납될 수 없는 것, 심지어 생각조차 할 수 없는 것을 말하는 것이다. 그러나 1995년의 나라는 여자는, 조그만 자기 도시와 자기 가족 그리고 사립학교만 알고 있어서 사용할 수 있는 단어가 제한되었던 1952년의 소녀 속으로 다시 들어갈 수 없다. 그 소녀 앞에는 살아야 할 무한한 시간이 놓여 있었다.

당시의 내 현실에 도달하기 위해서는, 나를 가두었던 환경, 학교, 가족, 시골 마을의 의미를 규정하는 동시에, 미처 그 모순을 눈치채지 못했지만 내 삶을 좌우했던 법칙, 의식, 믿음, 가치를 찾아보는 것 외에 달리 확인할 길이 없다. 종교의 단어, 행동이나 사물과 연관된 우리 부모의 단어, 〈유행의 메아리〉나 〈초가집의 모임〉 같은 잡지에서 내가 읽었던 소설의 단어 등 나를 구성했던 언어를 밝혀내야 한다. 6월 어느 일요일의 사건을 둘러싸고 있었던 세계, 미쳐버리는 줄 알았던 열두 살 세계의 텍스트를 분해하고 재조립하기 위해서는 아직까지도 내게 묵직한 무게를 행사하는 단어를 사용해야만 한다.

당연히 현실을 추적하는 대신 현실을 생산하고자 하는

옛날이야기는 꾸며내지 말 것. 추억 속의 이미지를 거론하여 번역하는 데 만족하지 않고, 이 이미지를 다양한 접근 방식을 통해 스스로 속살을 드러내는 자료로 취급할 것. 다시 말해 나 자신의 인류학자가 될 것.

(필경 이런 것을 모두 메모하는 것이 불필요할지도 모르지만, 내 글쓰기가 처한 조건을 명확하게 직시하려는 노력을 하지 않고는 나는 현실적으로 글을 시작할 수 없다.)

이런 글을 쓰면서 아마도 나는 말과 글로 표현할 수 없었던 나의 열두 살 때의 사건을 어떤 법칙과 언어의 일반 규칙 안에 녹여버리는 것을 목표로 했을 수도 있다. 혹은 이 일이 이제는 해독이 불가능해진 미사여구, 생각해보면 부두교 의식에서나 들었을 법한 광적이고 치명적인 것일 수도 있다. **너희는 모두 이를 받아 읽어라. 이는 새롭고 영원한 계약을 맺는 내 피의 잔이니**.

1952년 6월, 나는 르아브르와 루앙 사이에 있는 센 강의 오른편에 있는 코Cau 지방, 막연한 표현이지만 누구에게나 통했던 **우리 동네**라 부르던 영역을 한번도 벗어나본 적이 없었다. 그 너머의 세계, 지평선을 손짓으로 가리키며 **저곳**이라고 하던 프랑스의 나머지 지역은 우리와는 무관한, 감히 거기에서는 살아볼 엄두조차 내지 않았던 지역을 뜻했다. 단체 여행을 통하거나 적어도 거기에서 우리를 안내해줄 피붙이가 없다면 파리라는 곳은 갈 수 없는 세계였다. 지하철은 마을축제에서 유령 기차를 타는 것보다도 길고 난해한 학습이 필요하다고 여겨지는 복잡하고 두려운 체험처럼 느껴졌다. **알기** 전에는 어디에도 갈 수 없다는 일반적 믿음, **두려움 없이 아무 데나 가는** 남자 혹은 여자에 대한 깊은 경외감.

우리 동네에 속한 두 개의 도회지인 르아브르와 루앙은 이보다는 덜 두려웠다. 이 두 도시는 가족의 기억과 일상적 대화 속 언어의 일부를 이루고 있었기 때문이었다. 많은 노동자들이 거기에서 일을 하면서 작은 마을 기차인 '미슐린*'을 타고 아침에 나갔다가 저녁에 돌아오곤 했다. 르아브르보다 더 가깝고 더 큰 도시인 루앙에는 **없는 게 없었다**. 말하자면 백화점, 온갖 질병에 대한 전문의, 몇 개의 극장, 수영을 배우기에 적합한 실내 수영장, 11월 한 달 내내 열리는 생로맹 시장, 기차 선로, 카페, 그리고 어려운 수술을 요하는 환자나 중독 환자, 감전사고 환자들이 가던 큰 병원도 있었다. 재건축 공사장에서 일하는 사람을 빼놓고는 그곳에 갈 때에 '평소에 입는' 옷차림으로 가는 사람은 없었다. 어머니는 안경점에 가서 안경을 바꿔주기 위해 일 년에 한 번씩 나를 거기에 데리고 갔다.

* 고무바퀴를 단 전차.

그리고 나간 김에 화장품이나 'Y에서는 찾을 수 없는' 물건을 샀다. 그곳에는 아는 사람이 없었으니 딱히 우리 동네라고 할 수는 없었다. 그곳 사람들은 우리보다 옷차림도 나았고 말도 잘했다. 루앙에 가면 시대나 지성, 행동이나 말의 여유로움 같은 면에서 '뒤처졌다'라는 막연한 느낌을 받았다. 내게 루앙은 연재소설이나 패션잡지처럼 미래의 한 얼굴이었다.

1952년에 나는 Y를 떠난 나를 생각할 수 없었다. 그 거리와 상점에 사는 사람들에게 나는 아니 D., 혹은 'D씨네 딸아이'였다. 나에게 그곳이 아닌 다른 세계는 **없었다**. 말끝마다 Y가 끼어들었고 자기의 입장을 밝히거나 원하는 걸 말할 때에도 Y에 있는 학교, 교회, 새로운 상품, 축제와 관련지어 이야기했다. 르아브르와 루앙 사이에 있는 인구 칠천 명의 이 도시는 대부분의 사람들에 대해 "그 남자 혹은 그 여자는 어느 거리에 살고 아이가 몇이고 어디에서 일하지"라고 말할 수 있는 곳, 미사 시간이나 르로이 극장 시간표, 제일 좋은 제과점, 그나마 저울눈금을 가장 덜 속이는 푸줏간을 정확하게 집어 말할 수 있는 유일한 공간이었다. 나의 부모가 이곳에서 태어났고, 그전에는 부모의 부모와 그 부모의 부모가 근처 마을에서 태어났으며, 공간적으로나 시간적으로나 우리가 이보다 더 광범위한 지식을 소유한 다른 도시는 없었다. 나는 1950년에 우리 옆집에 누가 살았는지 알았고, 어머니가 초등학교 시절 하굣길에 어디에서 빵을 샀는지도 알고 있었다. 아버지와 어머니가 만나기 전에 그들이 결혼할 뻔했던 여자, 남자들과 마주치기도 한다. 우리는 '우리 동네 사람이 아닌' 사람들에 대해 아무런 지식도 가지고 있지 않고, 그 이력을 알 수도 확인할 수도 없으며, 그들도 우리의 이력을 모른다. 브르타뉴 출신, 마르세유 출신, 스페인 출신 등 '우리처럼' 말하지 않는 사람들은 정도의 차이는 있지만 모두 이방인에 속했다.

(이 도시의 이름을 밝히는 것은, 지난번에 그랬듯이, 이제 불가능하다. 이 도시는 자동차로 15번 국도를 타고 가거나 기차로 루앙에서 르아브르로 갈 때 지나치는, 지도에 나와 있는 지리적 공간이 아니다. 이곳은 내가 돌아갈 때마다 나에게서 모든 사고력, 거의 모든 분명한 추억을 박탈하여 다시금 나를 궁지에 옭아 넣을 듯한 마비감으

로 사로잡는 이름 없는 원초적 장소이다.)

1952년 Y의 지형도.

다른 노르망디 지방이 모두 그랬던 것처럼, 1940년 독일군 진군 때 일어난 화재와 뒤이은 1944년 폭격으로 초토화되었던 시내 중심지는 재건축 중이었다. 시내는 공사판, 공터, 일층에 현대식 상점이 들어선 완공된 철근 건물, 임시 가옥, 전쟁에서 살아남은 오래된 건물, 시청, 르로이 극장, 우체국, 그리고 시장으로 뒤섞여 있었다. 교회는 화재를 당해 시청 광장에 있던 사제관만 남아 있었다. 미사는 가설무대나 사제관을 둘러싸고 있는 회랑 안에서 신도를 땅바닥에 앉혀둔 채 올려졌다.

포석이나 아스팔트로 포장된 길이 중심지로부터 방사형으로 뻗어나갔고, 길가에는 벽돌집이나 석조 집, 보행자 길이, 철책 너머에는 지방의 유지, 의사, 사장들이 사는 단독주택이 있었다. 거기에 공립학교와 사립학교가 서로 뚝 떨어져 있다. 시내 중심지는 아니지만 여전히 시 구역에 속하는 지역이다. 그 너머에는 중심지에 갈 때 '시내에' 간다거나 아예 'Y에' 간다고 말하는 사람들이 살고 있는 동네가 있다. 시내와 변두리를 지리적으로 구분하는 경계는 불분명하다. 인도가 끊어지고 오래된 집들이(목조건물, 기껏해야 방이 두서너 개 있는 집들, 수도관이 들어오지 않고 변소가 바깥에 있는 집들) 많아지면서 점점 채마밭이 늘고, 석탄 저장소와 식품점을 겸한 식당을 제외하곤 상점이 점점 줄어들다가 불쑥 아파트촌이 등장한다. 하지만 실제로는 모든 사람에게 그 경계는 분명하다. 시내는 슬리퍼나 작업복 차림으로 갈 수 없는 곳이며, 시내에서 멀어질수록 물가가 싸지고 커다란 저택이 드물어지면서 공동 마당을 사용하는 다닥다닥 붙은 집들이 많아진다. 비포장도로로 연결된 외딴집, 비만 오면 진흙탕으로 변하는 길, 언덕을 등지고 있는 농가, 이런 것들은 이미 시골에 속한다.

레퓌블리크 거리와 상드쿠르스 동네 사이에 있는 클로데파르 구역은 시내 중심지에서 카니 다리까지 길게 자리하고 있다. 르아브르 거리에서 시내 중심지를 지나 카니 다리까지 이어지는 클로데파르 거리는 그 동네의 중심축이다. 부모님 가게는 레퓌블리크 거리와 만나는 자갈 골목의 모퉁이에 있는데, 레퓌블리크 거리의 끝부분에 있어 "시내로 들어선다"라는 표현을 쓴다. 따라서 시내에 있는 학교에 갈 때 이 길로 가거나 클로데파르 거리로 갈 수 있다. 넓고 아스팔트로 포장되어 있으며 양쪽으로 인도가 난 레퓌블리크 거리는 20킬로미터 떨어져 있는 해변으로 가는 관광버스와 승용차로 붐빈다. 윗동네에는 얼굴조차 본 적 없는 사람들이 사는 웅장한 저택이 들어서 있다. 시트로엥 자동차 정비소, 거리에 맞붙어 다닥다닥 붙어 있는 집들, 자전거 수리점 등이 있지만 그렇다고 이 동네의 귀족적 성격이 훼손되는 것은 아니다. 다리에 이르기 전에 오른쪽 철도변 아래로 커다란 연못이 두 개 있는데, 하나는 검은 물로 가득 차 있고, 다른 하나는 수면의 이끼 때문에 녹색 물이 차 있으며, 두 연못 사이에는 좁다란 맨땅의 길이 있다. 거기가 '여행자의 늪'이라 알려진 Y의 죽음의 장소 같은 곳인데, 도시 끝에 사는 여자들이 와서 투신자살하는 곳이다. 무성한 관목에 덮인 언덕으로 가로막혀서 레퓌블리크 거리 쪽에서는 보이지 않아 마치 여기는 도시가 아닌 것 같다.

좁고 울퉁불퉁하며 인도도 없는 데다, 갑자기 급경사와 급회전을 이루는 클로데파르 거리는 저녁에 르아브르 거리로 가려는 노동자의 자전거만 지나갈 뿐 오가는 자동차도 뜸한 편이다. 오후에는 농촌의 적막에 아득하게 들려오는 소음만 있을 뿐. 인근에 공장을 가진 기업가들의 저택 몇 채, 회사원이나 노동자들의 다닥다닥 붙은 오래된 집들뿐 자동차는 들어갈 수 없는 꼬불꼬불한 네 개의 골목으로 된 한산한 클로데파르 거리. 육중한 요양원 건물을 굽어보는 경마장까지 이어지는 샹드쿠르스 동네. 거기에는 다른 곳보다 부양 가족이 많고 '경제적으로 취약한 사람', 노인들이 많이 사는 낡은 집들이 있는 지역이다. 레퓌블리크 거리에서 샹드쿠르스의 작은 길까지 채 300미터도 못 되는 거리를 사이에 두고 풍요에서 빈곤으로, 넉넉한 공간에서 밀집된 공간으로 넘어가게 된다. 누구에게도 알려지지 않은, 혜택받은 자들의 공간에서 생활보조금은 얼마를 받는지, 뭘 먹고 사는지, 언제 자는지까지 훤히 알려진 사람들의 공간으로.

(묘사를 하는 데에서 정확성 외에는 아무런 원칙도 세

우지 않은 채 유년 시절 무심히 지나갔던 거리를 처음으로 묘사하다 보니, 그것은 그 거리들이 내포하고 있었던 사회적 계급을 보다 명백히 드러내는 일이 되었다. 거의 종교적 금기에 가까운 것을 깼다는 느낌. 에들랭의 별장! 푸른 등나무 꽃! 샹드쿠르스의 뽕밭! 색깔이나 이미지로 내 마음에 깊이 각인된 사랑의 지도를 딱딱한 선이 그어진 지도로 바꿔치기하니, 환상은 깨졌지만 그 명백한 진실은 부정할 수 없다. 게다가 기억도 생생한데, 1952년에는 넓은 잔디밭과 자갈을 깐 오솔길이 있는 정원을 둘러싼 높은 담장을 바라보면 대번에 그 안에 사는 사람들은 **우리와 같지 않다**는 것을 알 수 있었다.)

우리의 장소라는 말은 다음을 지칭할 뿐이다.

1) 내가 사는 동네

2) 거기에 필연적으로 딸린 부모님의 집과 가게

식품과 봉제품을 팔고 식당을 겸한 우리 가게는 레퓌블리크 거리와 클로데파르 거리 사이에 있는 이층집이었다. 황갈색 목골연와조로 지은 낮고 넓은 농가들 중 하나인데, 양쪽으로는 신축된 벽돌집들이 있었다. 우리는 거리 쪽의 집에서 살았고, 우리와 함께 사는 늙은 정원사는 우리 앞마당을 지나갈 권리가 있었다. 위층에 단칸방이 딸린 식품점은 신축된 벽돌 건물에 있었다. 입구와 진열장은 클로데파르 거리 쪽으로 나 있고, 두 번째 진열장은 농가의 식당에 가기 위해 지나가야 하는 정원 쪽으로 나 있다. 식품점부터 네 개의 방이 이어져 있었다. 주방, 식당, 지하 창고, 그리고 방들과 서로 연결되면서 마당 쪽을 향한 '안채'라 불린 내실이었다(식품점과 식당 사이에 낀 주방과는 통하지 않았나). 주방조차도 식품점과 식당을 오가는 손님들이 통로로 사용했으니, 일층에 있는 어떤 방에도 개인적 공간이라곤 없었다. 식당과 주방 사이에 문이 없었던 터라 부모님은 언제라도 손님들과 수다를 떨 수 있었고, 손님들은 주방 라디오를 들을 수 있었다. 주방 계단을 따라 낮은 지붕 밑 통로를 돌아 올라가면 왼쪽에는 방, 오른쪽에는 다락방이 있었다. 이 다락방에는 어머니와 내가 사용하는 요강이 있었는데, 아버지는 밤에만 그것을 사용했다(낮 동안에는 손님들이 쓰는 소변기를 이용했다. 마당에 널빤지를 쳐서 만든 나무통 소변기였다). 정원에 있는 화장실은 손님이 쓰지만 여름 동안은 우리 가족도 사용한다. 날씨가 좋아서 밖으로 나갈 수 있을 때를 제외하면, 나는 백열전구 하나 달랑 달려 있는 주방 계단 위에서 숙제를 하거나 책을 읽었다. 거기에서는 창문 틈으로 내 모습을 드러내지 않고 밖을 엿볼 수 있었다.

마당은 집과 가게로 쓰이는 건물 사이로 난 넓은 비포장도로 같은 모습이었다. 그 뒤편으로는 토끼장이 있는 창고와 빨래건조대, 변소, 닭장, 그리고 조그만 풀밭이 있었다.

(그 사건이 일어나기 전인 5월 어느 날 저녁에 나는 그 풀밭에 앉아 있었다. 숙제를 마치고 나니 부드러운 봄기운이 감돌면서, 미래에 대한 예감 같은 것이 들었다. 〈멕시코〉와 〈쿠바 여행〉을 부를 때 내 앞에 놓인 미지의 생에 대해 느꼈던 것과 똑같은 느낌.)

시내에 갔다가 돌아오는 길에, 도로 쪽으로 약간 튀어나온 우리 집이 보이기 시작하면 어머니는 **우리 궁전에 다 왔네**라고 했다(자조 못지않게 자부심이 배어나는 표현이었다).

가게는 연중무휴로, 아침 7시부터 저녁 9시까지 하루 종일 열려 있었다. 단, 일요일 오후에는 식품점을 저녁까지 닫았고 식당은 6시에나 문을 열었다. 식당(남자)이나 식품점(여자)에 드나드는 손님들의 생활 리듬에 따라 우리 생활도 좌우되었다. 쉴 새 없이 웅성거리는 낮 시간에도 오후 무렵에는 잠깐 정적이 감돌았다. 그 틈을 타서 어머니는 침대 정리도 하고 기도도 올리고 떨어진 옷의 단추도 달았으며, 아버지는 집 근처에 땅을 빌려서 가꾸는 조그만 채마밭을 돌보러 갔다.

우리 손님은 대부분 클로데파르 거리와 레퓌블리크 거리가 있는 아랫동네와 샹드쿠르스 동네, 그리고 철도 너머까지 이어진 반농반공半農半工 지역에서 온다. 지금은 새장 공장과 의류 공장으로 변했지만, 예전에는 부모님이 젊은 시절 일했던 밧줄 공장이 있어서 이름이 코르드리*인 구역도 여기에 포함된다. 철도와 나란히 난 외길을 곧장 따라 공장 지대를 지나가면 새장을 만들기 위해 널빤

* 밧줄 제조소.

지를 산처럼 쌓아놓은 들판이 나온다. 그곳이 우리 가족의 구역인 셈이다. 어머니는 결혼 전까지 거기에서 살았고, 어머니의 남자형제 하나와 여자형제 둘 그리고 할머니는 아직도 거기에서 살고 있다. 할머니가 외숙모와 함께 사는 집은 예전에 밧줄 공장의 구내식당 겸 탈의실로 쓰이던 건물이다. 바닥이 흔들거리고 쿵쿵 울리며 전기도 들어오지 않는 건물이었다. 설날에는 할머니 방에 식구가 전부 모여서 남자들은 식탁에 둘러앉아 술 마시며 노래를 불렀고, 아이들은 침대에서 놀았다. 유년 시절 일요일마다 어머니는 나를 할머니에게 데려가 할머니에게 키스를 하라고 했고, 그런 다음 조제프 삼촌 집에 갔다. 그곳에서 나는 사촌 형제들과 커다란 그네를 타거나 르아브르행 기차를 바라보며 손을 흔들기도 했고, 마주치는 남자애들마다 **욕을 하며** 놀려주었다. 1952년 이후로는 발길이 차츰 뜸해진 것 같다.

시내에서 클로데파르 거리, 코르드리 동네로 내려간다는 것은 말을 제대로 하는 공간에서 그렇지 못한 공간으로 미끄러져 내려가는 것을 의미했다. 즉 나이와 직업 그리고 신분 상승의 욕구에 따라 차이는 있지만, 사투리가 섞인 말을 하는 지역으로 간다는 뜻이다. 사투리는 할머니와 같은 노년층에게는 고스란히 남아 있지만, 사무실에서 일하는 젊은 여자들 사이에서는 약간의 표현과 억양에 한정되었다. 사투리를 많이 쓰는 사람조차도 "이렇게 말하지 말아야 하는데, 이게 더 빠르단 말이야"라고 변명할 정도로 누구나 사투리는 낡고 추하다고 여겼다. 말을 제대로 한다는 것은 마치 귀한 물건을 다루듯 보다 가벼운 목소리로 섬세하게, 금방 튀어나오는 말 대신 다른 말을 골라 쓰는 노력을 요하는 일이었다. 어른들은 '표준어를 잘 쓰는 것'은 어린아이들에게는 좋은 일이지만 자기들에게는 딱히 필요한 것으로 생각하지 않았다. 아버지는 자주 "그 남자 본 적 없는디"나 "그 남자 몰겄는디"라고 말했고, 내가 고쳐주면 굳이 "네가 원한다면"이란 토를 달아 표준어를 쓰는 것이 자기에게는 중요하지 않음을 분명히 하고 나서 단어를 하나하나 떼어 짐짓 과장되게 "나는-그를-알지-못한다"라고 말했다.

1952년의 나는 글은 '표준어'로 썼지만 말은 부모님이 하듯 "니가 워서 왔건"이라 했을 것이고, "씻었다" 대신에 "씨꼈다"라 했을 것이다. 우리는 같은 세상에 속했고, 앉거나 웃거나 물건을 들거나 할 때에는 어떤 동작을 하고, 육체와 사물은 어떻게 다뤄야 하는지를 규정하는 방식이 같았기 때문이다.

음식을 낭비하지 않고 만끽하는 방법: 소스를 먹기 위해 접시 옆에 작은 빵조각을 미리 준비할 것. 너무 뜨거운 퓌레는 가장자리부터 먹거나 후후 불어가며 먹을 것. 남아 있는 수프까지 긁어 먹으려면 접시를 기울여 숟가락으로 퍼먹고, 아니면 두 손으로 들고 마실 것.

물을 낭비하지 않고 몸을 깨끗이 하는 법: 이를 닦고 얼굴, 손, 그리고 여름철에는 발까지 닦는 데 한 대야의 물만 쓸 것. 무엇보다 **때 묻은** 옷을 그대로 입을 것.

가축을 확실하게 죽이는 법: 토끼는 귀 뒤쪽을 세게 내리칠 것. 닭은 다리 사이에 끼고 가위로 목을 딸 것. 거위는 댓돌 위에 놓고 낫으로 단숨에 목을 자를 것.

말없이 경멸감을 표현하는 법: 어깨를 으쓱하고 돌아서서 엉덩이를 큰 소리가 나도록 한 번 딱 칠 것.

남자를 여자와 구별 짓는 일상적 몸짓: 다리미가 뜨거운지 확인하기 위해 뺨에 가까이 대보는 동작. 바닥을 청소할 때 기어 다니거나 토끼풀을 뜯을 때 다리를 벌리고 앉는 것. 저녁에 양말과 팬티의 냄새를 맡는 것. 삽을 들기 전에 손바닥에 침을 뱉는 것. 귀에 담배를 꽂는 것. 의자에 다리를 벌리고 걸터앉는 것. 손칼을 딱 소리가 나게 접어 호주머니에 넣는 것.

예의바른 표현들: **천만에요! 좋은 하루 보내세요**. 혹은 **어서 앉아요, 자릿세 받지 않아요**.

육체를 미래 혹은 세계와 관련지어 묘하게 말하는 법: **뺨에 눈썹 한 터럭이 나게 해달라고 빌어봐**. 혹은 **누가 내 칭찬을 하나 보다, 왼쪽 귀가 근질근질하네**. 아니면 자연과 연관 지어서 **비가 오려나, 삭신이 쑤시네**.

아이들에게 하는, 애정이 섞였으나 험악한 말들: **이놈, 귀를 잘라버릴 테다**. 혹은 **어서 거기에서 내려와, 엉덩이에 불이 나기 전에**.

애정 표현과는 다른 조롱: **어르신 행차하니 청춘은 꺼져라**. 혹은 **개새끼를 만졌더니 벼룩이 옮았네**.

전쟁 직후 건물을 부수고 재건축할 때 날리는 먼지, 흑백영화, 흑백의 교과서, 비옷, 짙은 색 외투 때문에 내 눈앞에 떠오르는 1952년의 세계는 과거의 동유럽 나라들처럼 한결같이 회색이다. 하지만 거리의 담장 너머로 늘어진 장미, 등나무 꽃, 어머니 치마처럼 푸른 바탕에 붉은 무늬가 새겨진 옷도 있었다. 식당의 벽지도 장미꽃 무늬였다. 그 사건이 벌어졌던 일요일은 날씨가 좋았다. 당시의 세계에는 의례적인 정적만 감돌았다. 이따금 시간이나 계절을 일깨우는 단속적인 소음이 있었는데, 그것은 일상을 나타내는, 누구나 알 수 있는 생활 습관과 관련된 소음이었다. 기상과 취침을 알리는 양로원의 종소리, 옷감 공장의 사이렌 소리, 장 서는 날의 자동차 소음, 봄이면 들려오는 개 짖는 소리와 밭 가는 쟁기의 둔탁한 소리.

하루하루는 집단이나 가족의 관습, 라디오 방송에 의해 구분되는 날로 쪼개졌다. 월요일은 전날 남은 음식과 빵을 먹고 뤽상부르 라디오 방송국의 〈크로셰〉나 듣는 생기 없는 날, 화요일은 빨래하고 〈오늘의 여왕〉이란 라디오 드라마를 듣는 날, 수요일은 장이 서고 르로이 극장에

〈떠나든지 말든지〉 같은 새 영화의 간판이 걸리는 날, 목요일은 쉬는 날에 주간지 〈리제트〉가 나오는 날, 금요일은 생선 요리를 먹는 날, 토요일은 대청소하고 머리 감는 날, 일요일은 무엇보다 먼저 미사 참례를 하고, 속옷을 갈아입고 새 옷을 입고 제과점 과자를 먹고 '조그만 낭비'도 하고 할 일을 하면서 즐기기도 하는 날.

매일 저녁 7시 20분이면 라디오 드라마 〈뒤라통 가족〉을 듣는다.

그리고 인생의 시간은 '무엇 무엇을 해야 하는 나이'로 구분된다. 영세를 받을 나이, 손목시계를 선물받을 나이, 여자아이는 처음으로 파마머리를 할 나이, 남자아이는 첫 양복을 입는 나이.

첫 월경을 하고 스타킹을 신는 나이.

식사 중에 포도주를 마실 수 있는 나이, 담배 피울 권리가 있는 나이, 음담패설이 오갈 때 그대로 앉아 있을 수 있는 나이.

직장에서 일하고 댄스파티에 가고 '데이트'할 수 있는 나이.

군대 갈 나이.

오락 영화를 볼 수 있는 나이.

결혼하고 아기를 가질 수 있는 나이.

검은 옷을 입는 나이.

더 이상 일하지 않는 나이.

죽는 나이.

이쯤 되면 아무것도 생각하지 않게 되고 모든 것이 완성된다.

사람들은 끊임없이 회상한다. 대화는 항상 "전쟁 전에는" "전쟁 통에는"이란 말로 시작된다. 가족이나 친구가 모인 자리에서 패전, 점령, 폭격에 대한 회상이 빠진 적이 없었다. 서로 질세라 공포와 경악의 장면을 묘사하고, 지독하게 추웠던 1942년의 겨울과 식량난을 말하고, 하늘을 나는 V2 전투기 소리를 흉내 내며 공습에 대한 기억을 떠들면서 그 당시를 되살렸다. 피난 시절은 가장 서정적인 이야기를 불러일으켰는데, 항상 "다음 전쟁 때에는 집에 그냥 남아 있을 거야"라든지 "이런 일은 두 번 다시 있어서는 안 돼"라는 말로 매듭짓는 것이 전통이 되었다. 식당에서 말다툼이 일어나는 것은 항상 제1차 세계대전 때 독가스 맛을 본 사람들과 제2차 세계대전 때 포로가 되었던 사람들이 상대방을 허풍선이 취급할 때이다.

하지만 세상이 많이 좋아졌다는 말, **진보**했다는 말도 빼놓지 않았는데, 이는 거역할 수도 없고 해서도 안 되는 불가항력의 힘이라고 여겨졌다. 그 증거도 무수히 늘어나서 플라스틱, 나일론 스타킹, 볼펜, 소형 오토바이, 레토르트 수프, 그리고 의무교육 같은 것이 있었다.

나의 열두 살은 이런 세상의 법칙과 관례 속에서 지나가고 있었다. 다른 것이 있으리라곤 꿈에도 생각하지 못한 채.

천성이 고약하다고 소문난 아이를 꾸짖고 바로잡는 일은 좋은 부모들의 의무사항이었다. '따귀 때리기*'부터 '매질'에 이르기까지 모든 수단이 허용되었다. 물론 아이

* 프랑스 특유의 자녀 교육법으로 일컬어진다.

를 귀여워해야 하고 일정한 한계를 넘지 않는다는 조건 하에서 가혹하거나 악의를 품지 않아야 했다. 대개의 경우 아이의 잘못을 꾸짖고 벌을 주었다는 부모의 경험담은 "물론 그냥 눈감아줄 수도 있었지"라는 은근한 자부심이 곁들여진 말로 끝났다. 그런 잘못을 보면 당연히 끓어올랐을 과도한 분노를 억제하고 적절한 꾸중만 내렸다는 데에서 비롯된 자부심. 아버지는 내게 손을 대지도 꾸중을 하지도 않았지만, 아이의 실수를 눈감아주면 어떡하나, 하는 두려움 때문에 어머니에게 그 역할을 떠넘겼다. **망할 계집애! 살다 보면 언젠가는 한번 크게 혼이 날 거야!**

만인이 만인을 감시하는 식이었다. 다른 사람이 어떻게 사는지 반드시 알고 싶어했는데, 그것은 남에게 떠들어대기 위해서인 동시에 자기의 삶은 철저히 감춰야 했기 때문이었다. 구설수에 오르지 않아야 하니까. '남의 속마음을 털어놓게 만들면서도 자기는 내보이고 싶은 부분만 정확하게 털어놓을 뿐' 결코 속내를 드러내지 않는다는 것은 어려운 전략이었다. 사람들의 소일거리란 이 사람 저 사람 만나고 다니는 것이었다. 저녁이면 극장에 가거나 기차 도착 시간에 맞춰 역에 갔다. 그저 사람들이 웅성웅성 모여 있다는 것만으로도 거기에 끼어들 이유는 충분했다. 악단이 횃불 행진을 하거나 전국 일주 자전거 대회 선수들이 마을을 지나가면, 구경거리 자체보다도 그곳에 모인 사람을 구경하고 집에 돌아와 누구를 만났다고 이야기하는 것이 더욱 재미있는 일이었다. 사람들은 남들의 행동거지를 관찰하고 숨겨져 있는 아주 조그만 습성을 분석했고, 그런 것들을 모아 해석을 붙이면서 한 사람의 역사가 만들어졌다. 그것은 각자가 조그만 말 한마디씩 덧붙여서 만들어지는 집단창작 소설 같은 것이었다. 그렇게 해서 가게나 술집에 모여 앉아 "그자는 쓸 만한 사람이야"라든지 "그 여자는 싸구려야"라는 식으로 요약을 하곤 했다.

사람들의 일상사나 행동은 대화를 통해 선과 악, 허용된 것 혹은 권장된 것과 금지된 것이라는 범주로 분류되었다. 이혼한 사람, 공산주의자, 동거하는 사람, 미혼모,

술을 마시거나 낙태한 여자, 해방의 날에 머리를 깎인 여자*, 집을 돌보지 않는 여자 등에게는 절대적인 비난이 쏟아졌다. 결혼 전에 임신한 여자나 **카페에서 노는 남자**(**노는 것**은 아이들이나 젊은이들의 특권이었다) 그리고 일반적으로 모든 남자들의 행동에 대해서는 아주 관대한 편이었다. 일을 열심히 하는 경우에는, **그 작자는 술은 마시지만 게으름은 피우지 않는다**라는 식으로 잘못이 면죄되거나 최소한 묵인되었다. 건강은 하나의 덕목이었는데, **그 여자는 건강하지 못하다**라는 말은 동정의 표현인 동시에 비난이기도 했다. 아무튼 질병은 내 잘못도 아닌데 운명에 대한 주의력 부족으로 간주되었다. 일반적으로 온전하고 정당하게 병들 권리는 인정되지 않았고 항상 **구설수**의 대상이 되었다.

어떤 불행에 대해 이야기할 때면 마치 그에 대한 예방책이라도 되는 듯 아주 자연스럽게 끔찍한 표현이 튀어나왔는데, 질병이나 사고 같은 것이 과연 그렇게 해서 예방이 가능한 것인지는 아리송한 문제였다. 예를 들어 떨

* 1944년부터 1945년까지 프랑스가 나치 점령에서 벗어나던 시기를 해방의 날(La Liberation)이라고 하며, 이때 나치에 협력한 여자들을 잡아 강제로 삭발시켰다.

쳐버리기 어려운 어떤 이미지를 포착해서 아주 상세하게 묘사하는 식이었다. "그 여자는 두 마리의 독사 위에 앉아 있다"라든지 "그 남자 머릿속에서는 뼈다귀 하나가 썩고 있다" 같은 표현이 사용되었다. 기대했던 즐거움 대신에 끔찍한 일이 있다는 것이 항상 강조되었는데, 예를 들면 아이들이 반짝이는 물체를 가지고 천진난만하게 놀고 있었는데 그게 폭탄이었다는 식이다.

쉽게 **감동**하거나 깊은 충격을 받는다는 것은 놀라움이나 호기심과 같은 반응을 자아냈다. 그래서 **난 아무렇지도 않았는데**라고 말하는 편이 나았다.

사람들을 평가하는 기준은 사교성이었다. 단순 솔직하고 공손해야 했다. '응큼한' 아이들, '사사건건 시비를 거는' 노동자들은 타인과의 대화에서 지켜야 할 정당한 법칙을 위반한 사람이었다. 고독을 추구하는 사람은 자칫 '곰'으로 취급될 정도로 무시당했다. (노총각, 노처녀에 대한 경멸로서) 혼자 살려고 하거나, 사람들에게 말을 걸지 않으면 **그 사람은 꼭 야만인처럼 살잖아**!라는 말을 듣게 되며, 인간의 존엄성에 해당하는 무엇인가를 거부하는 것으로 여겨졌다. 그것은 세상에서 가장 재미있는 것, 즉 다른 사람의 사생활에는 무관심하다는 것을 노골적으로 과시하는 것이었다. 즉 **관습에서 벗어나는 짓**이었다. 그러나 이웃이나 친구 집에 너무 자주 집요하게 드나들거나 어떤 여자나 남자 집에 항상 '죽치고 있는 것' 역시 질책의 대상이었다. 그것은 자존심의 결여였다.

예의는 주도적 가치이자 사회적 판단의 첫 번째 원칙이었다.

예를 들면, 식사 초대나 선물을 받으면 갚아야 하고, 새해 인사를 할 때 철저히 나이순에 따라야 하며, 직접 대놓고 질문하거나 예고 없이 방문해서 남을 **귀찮게** 해서는 안 되고, 비스킷 같은 것을 받거나 초대를 받을 때 이를 거절해서 **모욕감**을 안겨줘서는 안 된다는 것 등이다. 예의를 지키면 다른 사람들과 **더불어 잘 지내게 되고** 구설수에 오르지 않게 된다. 이웃과 함께 쓰는 안마당을 지나면서 남의 집 안을 들여다보지 않아야 하는데, 보기 싫어서가 아니라 보려고 기웃거리다가 발각되길 원하지 않기 때문이다. 거리에서 알은체하고 인사를 나누는 것, 그리고 어떤 식으로 이런 의례적 예절이 이행되는지, 예를 들어 거리를 둔다거나 반색한다거나, 걸음을 멈추고 악수를 하거나 몇 마디 안부를 주고받거나 그냥 제 갈 길을 가는 것 등은 치밀한 주목거리가 되어 **저 친구 오늘 무척 바쁜가보군, 나를 못 보고 지나가다니** 같은 예측을 가능하게 했다. 아무튼 **못 본 척하고 지나쳐서** 타인의 존재를 부정하는 사람은 용서받지 못했다.

예의란 일종의 보호 장벽인 셈이고, 따라서 부부 사이나 부모와 자식 사이의 예의는 위선이나 악의처럼 느껴져서 불필요한 것이었다. 거칠고 노골적이고 악을 쓰는 것이 정상적인 가족 간의 대화였다.

남들처럼 살자는 것이 모든 사람들의 목표이자 성취해야 할 이상이었다. 개성은 일탈, 심지어 **조금 미친 것 같은 증세**로 간주되었다. 동네 개들 이름조차도 하나같이 '미케'나 '보비'였다.

식당과 식품점을 겸한 가게에서 사는 우리는 이 세상, 우리가 손님들이라고 부르는 이 세상의 한복판에서 사는 꼴이었다. 그들은 우리가 먹고 마시고 성당에 가고 부엌 한구석에서 씻고 요강에 오줌 싸는 모습까지 보고 들었다. 항상 남에게 노출되어 살다 보니 점잖은 언행을 하고(욕이나 상스런 표현, 남의 험담을 하지 않는 것) 분노나 슬픔 같은 감정을 드러내지 않고 질투나 호기심 혹은 **소문**의 대상이 될 만한 것은 모두 감추게 되었다. 우리는 손님들에 대해 많은 것, 예를 들어 그들의 수입, 생활방식 등에 대해 알고 있었지만 그들은 우리에 대해선 가능한 한 적게 아는 편이 나았다. 그래서 '남들 앞에서는' 양말을 얼마에 샀는지 말하거나 배탈이 났다고 불평하거나 학교 성적을 자랑 삼아 늘어놓는 일이 금지되었다. 손님이 들어오면 먹던 과자 위에 행주를 덮거나 포도주 병을 테이블 밑으로 감추곤 했다. 말다툼을 하고 싶어도 아무도 없을 때까지 기다렸다. 그러지 않았다간 **남들이 우리를 어떻게 생각하겠는가**.

완벽한 장사꾼이 되기 위한 행동수칙 중에서 나와 관

련된 조항을 꼽아본다면 이렇다.

가게에 드나들 때마다 항상 맑고 큰소리로 "안녕하세요"라고 말할 것.

어디에서 마주치건 먼저 손님에게 인사할 것.

손님에 대해 아는 것을 떠들고 다니거나 손님이나 다른 상인에 대해 험담하지 말 것.

하루 매상 총액이 얼마인지는 절대 밝히지 말 것.

자만하거나 **과시**하지 말 것.

이런 규칙을 조금이라도 어기면 어떤 대가를 치러야 하는지 나는 잘 알고 있었다. **너 때문에 손님을 잃을 거야. 그래서 가게가 망하겠지**.

열두 살 시절의 세계의 법칙을 드러내다 보니 꿈속에서 느꼈던 미세한 중압감과 폐쇄감이 슬며시 나를 사로잡는다. 내가 찾아낸 어휘들은 불투명하고, 요지부동의 바윗덩어리이다. 명확한 이미지는 빠져 있는 어휘들. 사전을 찾으면 나오고 무슨 뜻인지 알 수 있는 그런 의미마저도 빠져 있는 어휘들. 그 주위에는 어떤 초월도 꿈도 없다. 그저 물질들처럼 있다. 내 유년 시절의 사물과 사람들에게 밀접하게 연결되어 하나가 된 일상어. 내가 딱히 가지고 놀아볼 수 없는 언어들. 일종의 법령집.

(**오페라 〈골콩드의 왕비〉, 영화 〈선셋 대로〉, 아이스크림, 초원**처럼 1952년에 나를 꿈꾸게 했던 단어들은 영원히 어떤 무게도 지니지 못할 것이다. 다만 내 유년 시절, 그것이 미지에 싸여 있던 그때의 이국적 분위기와 가벼움만은 아직 간직하고 있다. 로맨스 소설에서 즐겨 사용하는 무수한 형용사들, **오만한** 태도, **침울한 · 건방진 · 위압적인 · 냉소적인 · 신랄한** 말투 등에서의 형용사가 내 주변의 실제 사람들에게 적용될 수 있다는 생각은 꿈에도 하지 못했다. 나는 당시의 그 물질적 언어로만 글을 쓰려고 노력하는 것 같다. 내게 찾아오지 않은, 그래서 영원히 내게 다가오지 않을 단어와 문구를 피하면서. 나는 은유의 마력, 문체의 희열은 결코 체험하지 못할 것이다.)

당시에는 감정을 표현하는 단어란 거의 존재하지 않았다. 실망했을 때에는 **멍청했었지**, 불만이 있을 때에는 **나**

빴었지 같은 표현이 고작이었다. 과자를 미처 먹지 못하고 접시에 남겨두고 나왔거나 애인을 잃었을 때에는 **죽을 맛이야**라고 했다. 그리고 바로 그 표현, **불행을 벌다**. 감정의 언어는 뤼 마리아노와 티노 로시의 노래들, 델리의 연재소설, 〈유행의 메아리〉나 〈꽃밭 속의 인생〉 같은 잡지의 언어였다.

기독교 사립학교는 종교와 지식이라는 두 가지의 절대 명령, 두 개의 이상이 구분되지 않은 채 하나로 묶여서 내 생활을 압도했던 곳이며 가장 많은 시간을 보냈던 곳이기도 하다. 지금부터 나는 그 우주를 재구성하고자 한다.

Y시에 사는 나의 사촌 형제들은 공립학교에 다녔기 때문에 가족 중에서 나만이 유일하게 사립학교에 다녔다. 우리 동네에서는 나이 든 여자 두서너 명만 제외하고는 모두가 공립학교에 다닌다.

암홍색 벽돌로 지은 커다란 기숙사 건물이 Y시 중앙의 적막하고 어두컴컴한 거리 한구석에 있었다. 그 정면에는 아마도 우체국에 딸린 것 같은 창고의 창문 없는 벽이 마주보고 있었다. 건물 일층에는 창문이 하나도 없었고 꼭대기에 몇 개의 채광창과 항상 닫혀 있는 두 개의 문이 있었다. 그중 항상 잠겨 있는 문은 따뜻한 복도로 통하는 학생들의 출입구였고, 그 문을 지나 예배당에 갈 수 있었다. 조금 떨어져 있는 다른 문은 학생들은 사용할 수 없었으며, 항상 초인종을 눌러 수녀님의 안내를 받아 교장실 앞을 지나 조그만 홀이나 상담실로 가야 했다. 이층 높이에는 복도와 교실의 창문이 있었다. 삼층 유리창과 꼭대기의 채광창은 불투명한 하얀 커튼으로 가려져 있었는데, 거기에 공동 침실이 있었다. 거리를 내다보는 것은 어느 창문에도 금지되었다.

커다란 운동장에서 아이들이 노는 모습이 철책 너머로 보이는 외곽의 공립학교와는 달리, 사립학교는 밖에서 학교 안이 전혀 보이지 않았다. 우리 학교에는 두 개의 운동장이 있었다. 포석이 깔려 있고 햇빛이 들지 않으며 커다란 나무 한 그루의 무성한 잎사귀로 그늘져서 어두컴컴한 운동장은 '자유반'이라 불리는, 학생 수가 적은 학급에

배당되었다. 고아들과 시청 옆에 있는 기관에 소속된 아이들, 등록금을 낼 수 없는 부모의 딸들로 구성된 반이다. 자유반에서는 기초반에서 6학년까지를 여자 선생님 한 명이 가르쳤으나 학생들은 6학년에는 거의 들어가지 않고 대부분 '가사家事반'으로 직접 진급했다. 넓고 햇살이 들어오는 다른 운동장은 기숙학교에 등록금을 내는 상인, 기술자, 농부의 딸에게 배당되었는데, 식당과 회랑 옆으로 크게 자리 잡고 있어 이층의 교실로 가려면 그 운동장을 지나야 했다. 운동장 한편에는 스테인드글라스로 장식된 예배당이 있었고, 다른 쪽은 벽이었는데(벽의 이곳저곳에는 지저분한 화장실이 설치되어 있었다), 그 벽이 자유반과의 경계가 되었다. 운동장 맨 끝에는 기숙사 건물과 평행하게 보리수 오솔길이 있었는데, 나무 아래에서는 저학년 아이들이 돌차기 놀이를 했고 고학년 아이들은 시험 준비를 했다. 오솔길 뒤에는 채소와 과일을 심은 정원이 있었는데, 겨울철을 제외하곤 끝에 있는 벽이 보이지 않을 정도로 넓었다. 이 두 운동장은 화장실의 벽에 난 작은 통로로 연결되었는데, 거기엔 문이 달려 있지 않았다. 스무 명 정도 되는 자유반과 백오십 명에서 이백 명에 이르는 기숙사반 학생들은 축제나 종교 행사 때를 제외하면 거의 만나지 않았고 서로 말을 섞지도 않았다. 기숙사 아이들은 자유반 아이들의 옷을 보고는 그것이 자기 부모들이 불우이웃에게 나누어주었던, 낡아서 버린 자기들의 옷이라는 것을 알아보곤 했다.

아무 때나 사립학교에 들어와서 돌아다닐 수 있는 권리를 가진 유일한 남자는 신부님과 정원사였는데, 그들도 일단 학교에 들어오면 지하기도실이나 정원에 틀어박혀 있었다. 남자 일꾼의 손길이 필요한 공사는 여름방학 동안 행해졌다. 교장선생님을 비롯해서 반 이상의 선생님들이 검은색이나 푸른색 혹은 갈색의 사복 차림을 한 수녀들이었고, 우리는 그들을 '마드무아젤*'이라고 불렀다. 다른 선생님들은 대개 우아한 독신녀들로, 중산층 상인이나 그 도시의 유지 계층에 속했다.

우리에게는 엄격히 지켜야 할 원칙이 있었다.

* 미혼 여성에 대한 경칭.

첫 번째 종이 울리면 선생님이 정해준 순서에 따라 복도에 줄을 서고, 오 분 후 두 번째 종이 울리면 조용히 교실로 올라갈 것.

계단 난간에 손을 대지 말 것.

선생님이나 신부님 또는 교장선생님이 교실에 들어와 앉으라고 말하기 전까지는 서서 기다리고, 그들이 나갈 때 서둘러 문을 열어드리며, 나간 후에는 문을 닫을 것.

선생님께 말씀드리거나 그들 앞을 지날 때에는 성당에서 성체 배령하듯 상체와 고개를 숙이고 눈을 내리깔 것.

통학 학생은 물론 기숙 학생도 낮에는 공동침실에 올라가는 것이 금지되었다. 그곳은 기숙학교에서 가장 엄격한 금단의 구역이다. 나는 학교 다니는 동안 한번도 그곳에 간 적이 없다.

의사의 진단서가 없다면 쉬는 시간 외에는 화장실 가는 것이 금지되었다. (1952년 부활절 방학이 끝난 어느 오후, 나는 수업이 시작되자마자 화장실에 가고 싶었다. 나는 속옷에 오줌을 쌀 것 같은 두려움에 떨면서 쉬는 시간까지 오줌을 참느라 식은땀을 흘리며 거의 기절할 뻔

했다.)

교육과 종교는 공간뿐 아니라 시간적으로도 분리되지 않았다. 운동장과 화장실을 제외한 모든 곳이 기도하는 장소이다. 예배당은 말할 것도 없고, 선생님 책상 위쪽 벽에 십자가가 걸려 있는 교실, 식당 그리고 5월이면 그러하듯 루르드의 동굴을 흉내 낸 잎사귀 동굴 구석의 재단 위에 높이 선 성모상 앞에서 묵주 기도를 올리는 정원까지, 모든 곳이 기도하는 장소이다. 모든 학교 활동은 기도로 시작해서 기도로 끝난다. 우리는 의자 뒤에 서서 고개를 숙이고 기도의 처음과 끝에 성호를 긋는다.• 가장 긴 기도는 아침 수업과 오후 수업을 시작할 때 드리는 기도이다. 8시 30분에는 주기도문, 성모송, 사도신경, 고백의 기도, 믿음 · 소망 · 사랑 · 통회의 기도, 그리고 가끔은 성 베르나르도의 성모 찬가 같은 기도를 드린다. 오후 1시 30분에는 주기도문을 외우고 저녁 10시에는 성모송을 왼다. 가장 짧은 기도는 오전 수업과 저녁 수업이 끝나서 쉬

• 오른손을 머리에 댄 다음 가슴, 왼쪽 어깨, 오른쪽 어깨 순으로 손을 옮기며 가급적 십자가가 달린 묵주를 쥐고 있다가 기도가 끝나면 십자가에 입을 맞춘다.

는 시간이 시작될 때 드리는 기도인데, 그것은 성가로 대체되곤 한다. 기숙 학생에게는 기상과 취침 시에 두 번의 기도를 할 권리가 있다.

기도는 삶의 본질적인 행위이며 개인적이고 보편적인 치유이다. 보다 나은 사람이 되기 위해서, 유혹을 멀리하기 위해서, 산수 시험을 잘 보기 위해서, 병든 자를 치유하기 위해서, 죄인을 회개시키기 위해서 기도를 해야만 한다. 유아반부터 매일 아침 똑같은 책에 대한 설명을 듣는데, 그것은 바로 교리 공부이다. 성경 점수는 성적표의 모든 과목 중에서 가장 윗자리에 자리 잡는다. 아침에 그날 하루를 신에게 의탁하고, 모든 활동은 신을 지향하는 것이며, 삶의 목표는 항상 '은총의 상태'에 있는 것이다.

토요일 아침에 상급반 여학생 하나가 모든 반의 고해성사 쪽지를(성명과 학급이 쓰여 있는 쪽지) 거두러 온다. 오후부터는 정해진 순서에 따라 일이 진행된다. 고해실에서 사제에게 고해성사를 마친 여학생에게 사제는 다음으로 고해성사를 받을 여학생의 이름이 쓰인 쪽지를 건네준다. 여학생이 그것을 지정된 반에 가져가 큰 목소리로 해당 학생의 이름을 부르면 그 학생은 자리에서 일어나 예배당으로 가서 고해를 하며, 이런 순서가 계속 반복된다. 고해성사, 미사 같은 종교 행위를 지키는 것이 지식보다 우선했다. "모든 과목에서 만점을 받아도 하나님의 마음에 들지 않을 수 있다." 매학기 말에는 주교가 교장선생님을 대동하고 와서 우수 학생에게 상장과 상품을 준다. 우수 학생에게는 커다란 성화가, 나머지 학생에게는 조그만 성화가 주어진다. 성화 뒤에는 그의 사인과 날짜가 쓰여 있다.

학교 일정은 다른 시간대에 입각해서 흘러가는데, 매일 받아쓰기 시간에 앞서서 진행되는 종교 교육의 주제가 쓰여 있는 미사경본과 복음서에 따른 시간대이다. 대림절, 성탄절(조그만 인형으로 장식된 성탄 구유가 교실 창가 곁에 설치되어 성축일까지 계속 있다), 사순절, 사순절 전 세 번째 일요일, 부활절 전 육십 일째의 주일 등등. 그리고 다시 부활절, 성모 승천일, 성신 강림 대축일의 시간 등이 있다. 매년 매일 기독교 사립학교는 우리에게 같은 역사를 되풀이해서 살게 만들며, 우리가 자기 할머니, 할아버지의 삶보다 더욱 잘 꿰고 있는 천사, 성모마리아, 아기 예수 등의 인물들, 눈에 보이지 않지만 세상에 편재하고 죽지 않았지만 그렇다고 살아 있지도 않은 인물들과 더불어 친근하게 살게 만든다.

(나는 이 세계의 법칙을, 마치 그것이 열두 살의 내게 그랬듯 여전히 불변의 법칙인 것처럼 현재형으로 말하고 묘사할 수밖에 없다. 내가 그 세계로 점차 거슬러 올라감에 따라 그 세계의 일관성과 위력이 나에게는 경악스럽게 보인다. 하지만 나는 그 외의 다른 것을 원치 않기에, 차분한 마음으로 그 세계를 겪어야 했다. 그 법칙들이란 은은한 음식물의 향기, 계단에 부유하는 밀랍 냄새, 운동장에서 아련히 들리는 소음들, 그리고 간간이 피아노 특별 수업을 받는 교실에서 흘러나오는 가느다란 음률만이 스쳐 지나가는 침묵 속에 존재하던 보이지 않는 나의 법칙이었기 때문이다.

그리고 나는 이 점을 받아들여야 한다. 사춘기까지, 신에 대한 믿음은 나의 유일한 규범이었으며 기독교만이 유일한 진리라는 것은 그 어느 것으로도 움직일 수 없는 부동의 사실이라는 점이다. 나는 《존재와 무》*를 읽기도 하고 주간지 〈찰리 에브도〉에서 요한 바오로 2세가 '떠돌이 폴란드인'이란 별명을 얻었다는 것이 재미있다고 생각하기도 했지만, 1952년 첫 세례를 받은 이후 원죄 속에서 살고 있다는 생각을 떨쳐버릴 수 없었다. 왜냐하면 나는 입천장에 들러붙은 성체의 밀전병을 삼키기 전에 혀끝으로 부숴버렸기 때문이었다. 그때 나는 하나님의 몸체였던 것을 파괴하고 모독했다고 확신했다. 종교는 내 존재의 형식이었다. 믿는다는 것과 믿어야만 한다는 의무감이 구별되지 않았다.)

우리는 진리와 완벽함 그리고 빛의 세계 속에 있다. 다른 세계란 미사에 가지 않고 기도도 하지 않는 사람들의 세계, 오류의 세계이며 그것은 심지어 이름조차도 저주가 되는 듯 이따금 산발적으로만 입에 오르는 세계인데, 그것은 다름 아닌 공립학교이다. (내게 '공립'이란 분명한 의미는 없었지만 막연하게나마 '나쁜'이란 형용사와 동의어였다.) 우리의 세계와 그들의 세계는 모든 점에서 구별된다. 우리는 '공동 식당'이라 하지 않고 '기숙사 식당'

* 실존주의자 장 폴 사르트르의 1943년 책.

이라고 했으며 '외투걸이'라 하지 않고 '옷걸이'라고 했다. '동무'와 '선생님'이라는 말은 공립의 냄새를 풍기므로 '나의 동료' 그리고 '마드무아젤'이라 부르고, 교장선생님은 '친애하는 수녀님'이라 부르는 것이 적절했다. 어떤 수녀님도 자기 학생들에게 반말을 하지 않았고, 다섯 살짜리 아이들이 있는 유아반에서도 아이들을 격식을 갖춰 '여러분'이라고 불렀다.

축제가 많았다는 것도 사립학교가 다른 학교와 구별되는 점이다. 일 년 내내 수많은 공연 준비를 하는 것이 학사 일정의 중요한 부분을 차지했다. 크리스마스에는 복도에서 학생들을 위한 커다란 공연이 있고, 1월 중 두 번째 일요일에는 부모님들을 위한 크리스마스 공연이 있으며, 4월 동창회에는 시립극장에서 부모들을 위해 몇 차례 공연을 하고, 6월에는 루앙에서 기독교 학교 청년 축제 공연을 한다.

그중에서 가장 유명한 축제는 주제별로 변장한 아이들이 시내를 행진하며 시작되는 6월 초순의 교구축제였다. 꽃장식을 한 여학생, 옛날 옷차림을 한 시동과 하녀들이 춤추고 노래하며 행진하는 사립학교는 인도에 모인 군중들 앞에서 그들의 매력을 과시하며 자신들의 상상력과 바로 일주일 전 경마장에서 단순히 체육복 차림으로 행진했던 공립학교에 대한 우월성을 과시했다. 축제는 사립학교의 승리를 확실하게 굳혀주었다. 축제 준비는 평소에 금지되었던 모든 것을 합법화했다. 옷감을 사고 우편함에 초대장을 배달하기 위해 시내로 외출하거나 연극 연습을 하기 위해 수업 도중에 교실을 나가는 일 같은 것들. 당시에는 바지 차림으로 등교할 수 없어서 그 위에 치마를 덧입어야 했지만, 무대에 올라서면 조그만 여학생들은 그들의 허벅지나 속옷을 내보이기도 하고 고학년 여학생들은 깊게 파인 옷을 입고 가슴과 겨드랑이의 털을 내보일 수 있었다. 손등에 입맞춤하며 사랑 고백을 하는 남자로 변장한 여자아이들의 다리 사이에서 남자 성기의 빈 공간이 혼란스럽게 펄럭거렸다.

1951년 크리스마스 파티에서 나는 '라 로셸*의 여자들' 중 한 명이었다. 다른 두세 명의 아이들과 나는 부동자세로 손에 모형 배를 들고 관객 앞에서 노래를 불렀다. 나는

* 프랑스 서부의 항구도시.

원래 '전쟁에서 돌아온 북 치는 세 아이' 중 하나였는데, 공연 연습을 맡았던 수녀가 내가 발을 맞춰 걷지 못한다며 나를 배역에서 빼버렸다. 1952년 4월 동창회에서 나는 그리스 연극 중 죽은 젊은 여자에게 꽃을 바치는 역을 했다. 나는 앞으로 내민 한쪽 발에 몸을 지탱한 채 손을 내밀고 몸을 숙이고 있었다. 무대에서 넘어질지도 모른다는 고통스런 강박관념만 기억난다. 사진이 증명하듯 우아한 품위가 없었던 탓인지 그저 움직이지 않는 역할만 두 번 했다.

이런 세계를 공고하게 만드는 것은 권장되었고, 이를 위협하는 모든 것은 고발되고 매도되었다. 예를 들어 다음과 같은 것들은 칭찬받았다.

오락 시간에 예배실에 가는 것.

신 없는 학교에 다니는 여자아이들처럼 성인 영세를 기다리지 않고 일곱 살이 되자마자 개인적으로 세례를 받는 것.

종교적 완성도에 있어서 가장 높은 단계를 의미하며 세상 사람을 개종시키는 것을 사명으로 삼는 단체인 '소녀 십자군'에 가입하는 것.

호주머니에 항상 묵주를 가지고 다니는 것.

〈용감한 영혼〉*을 사는 것.

동 르페브르의 로마저녁미사경본을 소유하는 것.

'가족 모두가 저녁 기도를 했고' 가족 중 한 명이 수녀가 되고 싶어한다고 말하는 것.

다음과 같은 것들은 욕을 먹었다.

종교 서적이나 〈용감한 영혼〉 이외의 책이나 신문을 교실에 가져오는 것. 경계해야만 하는 '나쁜 책'이 좋은 책보다 많기 때문에 독서는 의심의 원천이 되었다. 특히 나쁜 책은 두려움과 경계심을 야기하고, 고해성사를 하기보다 그전에 자기 성찰로 끝내라고 언급하기 때문이다. 상품으로 받거나 시내의 기독교 전문 서점에서 제공하는 책들은 읽기보다는 보여주기 위한 것이었다. 그런 책들은 한눈에 봐도 그럴듯했다. 그중에서 《어린이에게 들려주는 성경》《라트르 드 타시니 개론서》《엘렌 부셰》 같은

* 여자아이들을 위한 잡지.

것이 기억난다.

공립학교 여자아이들과 사귀는 것.

단체 관람(〈잔 다르크〉 〈뱅상 선생〉 〈아르스의 신부〉) 이외에 극장에 가는 것. 교회의 문에는 영화를 위험도에 따라 점수를 매긴 표가 붙어 있었다. '금지' 영화를 상영하는 극장 출구에서 발견된 여학생은 누구든 그 자리에서 퇴학당할 수 있었다.

사진이 있는 연애소설을 읽거나 일요일 오후 포토 회관의 댄스파티에 가는 일은 생각조차 할 수 없는 일이다.

그러나 한번도 억압된 삶을 산다는 느낌은 들지 않았다. 예를 들어 길에서 마주친 '마드무아젤'에게 공손하게 인사하면 너그러운 웃음으로 화답이 오듯, 억압의 손아귀는 부드럽고 **친근한** 방식으로 우리를 조이고 있었다.

시내 거리에서 학부모들의 감시(옷차림은 어떤지, 어떤 친구들과 어울리는지 같은 것들은 조만간 모두 **보고**되었다) 덕분에 사립학교의 우수성과 그 선별 기능이 유지되었다. "내 딸은 (단순하게 '학교'에 다니는 것이 아니

라) 기숙학교에 다녀요"라는 말에서, 아무나 받아들여서 뒤섞은 학교와 단일한 환경에 귀속한 학교 사이의 차이, 그저 공부할 의무밖에 없는 것과 일찌감치 사회적 환경을 선택했다는 것 사이의 차이가 감지되었다.

물론 기숙사에는 부자와 가난한 자가 있는 것이 아니라 오로지 기독교 대가족만이 있을 뿐이란 것은 당연시되었다.

('사립'이란 단어는 항상 결핍, 공포, 폐쇄와 연관되어 있다. 심지어 '사생활'이란 단어까지도. 글쓰기란 공개적인 것이다.)

이 뛰어난 세계 속에서 나는 뛰어난 사람으로 인정받았고, 학교 등수에서 맨 위에 서는 것이 허용하는 자유와 특권을 만끽했다. 나는 남보다 먼저 대답하고 문제의 답을 잘 대고 낭독 솜씨가 좋다는 이유로 책 읽는 아이로 선택되었고 그 덕택에 편안한 교실 생활이 보장되었다. 나는 부지런하지도 않았고 대단한 모범생도 아니었으며, 숙제는 시작하기가 무섭게 항상 대충 끄적거려서 제출했다. 좋은 성적 때문에 남들에게서 따돌림을 받지 않으려고, 나는 실제로는 그렇지 않으면서도 기꺼이 산만한 문제아처럼 굴었다.

1951년부터 1952년까지 나는 7학년이었다. 공립학교로 치면 초등학교 중등 과정 2학년인 셈이다. 담임선생님은 마드무아젤 L.이었는데, 그녀는 담임이 되기도 전에 무서운 선생님이라고 소문이 났었다. 8학년 시절에* 우리는 벽 너머로 그녀가 악을 쓰는 소리와 교탁을 자로 내리치는 소리를 쉴 새 없이 들었다. 목소리가 커서 그랬는지, 점심 시간과 방과 시간에 그녀는 입구에서 긴 의자에 앉아 있는 저학년 아이들의 이름을 부르는 호명기 역할을

* 학년의 숫자가 클수록 낮은 학년으로, 8학년은 열한 살이다.

맡았다. 학부모들은 거리에서 아이들을 기다리고 있었다. 그녀는 키는 작고(학기 초에 나는 벌써 그녀보다 키가 컸다) 가슴은 납작하며 호들갑스러웠고 회색 머리를 뒤로 넘겨 쪽을 졌다. 또한 나이를 짐작할 수 없었고 돋보기를 써서 눈이 큼직하게 보였다. 모든 사복 수녀와 마찬가지로 그녀는 겨울에는 블라우스 위에 청색과 검은색 줄무늬가 있는 케이프를 걸쳤다. 필기가 필요 없는 수업 시간에 그녀는 우리에게 팔을 등 뒤로 돌려 손을 겹치게 하고 머리를 똑바로 든 채 앞만 보도록 했다. 문제를 풀지 못하면 하급반으로 낙제를 시키거나 방과 후에 남게 하겠다는 협박도 끊임없이 해댔다. 오로지 신, 순교자, 성자의 이야기만이 눈물을 자아낼 정도로 그녀를 양순하게 만들었다. 그녀는 사랑이 배제된, 가혹하고 폭력적인 방식으로 철자법, 역사, 산수를 가르쳤고, 우리는 공립학교 6학년 입학시험과 연계되는 교구청 주관의 교구 시험에 합격하기 위해서 진땀 흘려가며 그것을 배워야만 했다. 학부모는 누구에게나 완벽한 공정성을 지키면서 가해지는 그녀의 가혹성을 두려워하는 동시에 칭찬했다. 아이들은 자기가 학교에서 가장 무서운 선생님 반에 속한다고 말할 때마다, 꼼짝없이 고통을 감수하는 순교자를 자처하며 은근히 자부심을 느꼈다. 그렇다고 해서 감시의 눈초리를 피하는 익숙한 수법들, 예를 들어 뒷전에서 혹은 책상 아래에서 수군거리고 지우개에 글씨를 써서 돌리는 것까지 포기했다는 뜻은 아니다. 선생님이 아무리 독촉하고 엄격하게 대해도 진도를 따라가지 못하는 아이들은 무기력한 반응만 보여서 나중에는 선생님에게 기쁨을 주던 똑똑한 아이들까지도 그들에게 물들고 말았다. 그러면 그녀는 수업을 거부하며 자기 책상에서 엉엉 울었고, 우리는 한 명씩 그녀에게 용서를 빌어야 했다.

내가 마드무아젤 L.을 좋아했는지 아니었는지는 문제되지 않는다. 나는 내 주변에서 그녀만큼 유식한 사람을 본 적이 없었다. 그녀는 어머니 가게의 손님들이나 이모들 같은 여자가 아니라 모든 과목에서 만점을 받는 1등 자리를 내게 보장해줄 수 있는, 살아 있는 철칙 같은 인물이었다. 나는 다른 학생이 아니라 그녀와 겨루었다. 학기말에 그녀가 아는 모든 것을 알아내는 것이 내 목표였다 (이것은 선생님들은 자기가 가르치는 것만 알고 있다는 오랜 믿음과 연관되었다. 상급반 선생님에게는 무한한 존경과 경외심을 표하면서 우리가 이미 겪은 바 있는 하급반 선생님들에 대해선 '추월해버린' 사람이라 생각하고 대수롭지 않게 여기는 것도 여기에서 비롯된 것이다). 그녀는 다른 학생들에게도 생각할 시간을 주기 위해서 내게 대답하지 말라고 하거나 나에게 논리적 분석을 해보라고 하기도 했다. 그럴 때면 그녀는 나를 자기와 같은 수준으로 생각하는 것이다. 그녀가 악착같이 나의 허점을 추궁하는 것은 바로 나를 자신의 완벽함에 이르게 하기 위한 것이라는 생각이 들었다. 어느 날엔가 그녀는 내가 M의 첫 번째 선을 코끼리의 코처럼 안쪽으로 휘게 쓰는 것을 나무라면서 "그것은 **더러워** 보인다"고 빈정거렸다. 나는 아무 말도 하지 않고 얼굴을 붉혔다. 나는 그녀가 무슨 뜻으로 그런 말을 하는지 알았고 그녀도 내가 그것을 안다는 걸 알았다. 그것은 "너는 M을 남자 성기 모양으로 쓰는구나"를 뜻했다.

여름에 나는 그녀에게 루르드의 그림 엽서를 보냈다.

(그해 학교생활을 돌이키다 보니 세례 사진 앞에서 느

꼈던 이질감이 줄어들었다. 진지한 얼굴, 굳은 시선, 앞의 사진에서보다는 아마도 덜 쓸쓸해 보이는 미소 같은 것들이, 그 딱딱한 불투명성이 완화되었다. '글'은 사진에 대한 설명이며 사진 또한 글의 해설이었다. 나는 사진 속 그녀에게서 진리요 진보이자 완벽함인 세계에서 낙오자가 될 수도 있다는 것은 결코 상상도 하지 않는 능력과 확신을 갖춘 어린 모범생의 모습을 본다.)

(나는 12월 말쯤부터 내 자리가 놓여 있던 위치에서 교실의 모습을 '다시 보는 데' 성공했다. 마드무아젤 L.의 자리에서 왼쪽 첫 번째 줄에는 또 다른 똑같은 책상에 맞붙어 있던 이인용 책상을 브리지트 D.가 혼자 차지하고 있다. 까만 곱슬머리에 이마는 튀어나왔다. 비스듬히 돌아보면 교실이 보인다. 양지에 앉아 있는 아이들은 각양각색이다. 딱히 뭐라고 정의하기 힘든 블라우스 차림과 헤어스타일, 입술 모양(입술이 튼 아이는 프랑수아 H., 말랑말랑한 아이는 엘리안 L.) 그리고 얼굴에 빨간 주근깨(드

니즈 R.) 등이 기억나지만 모든 얼굴이 떠오르진 않는다. 그들의 목소리와 대개는 두서없었던 말에서 인상 깊었던 표현이 들린다. "너 자바말 할 줄 아니?"라고 말했던 아이는 시몬 D.였다. 햇빛이 들지 않는 부분에 있는 아이들은 이름이 기억나지 않아 얼굴을 확인하기 어렵다.)

내게는 성적에 따른 분류 외에 또 다른 분류방식이 있다. 그것은 하루하루 단체 생활을 하다 보면 자연스레 생기는 것으로, '싫은 아이'와 '좋은 아이'로 나누는 것이다. 우선 '잘난 체하는 아이'와 '그렇지 않은 아이', 축제 때 춤추는 여자로 뽑히거나 방학 때면 바닷가로 여행하기 때문에 '자신만만한 아이'와 그렇지 않은 아이들로 나뉜다. 잘난 체하는 아이들은 부모가 회사 중역이거나 상인이고 시내 중심지에 살며 얼굴이 예쁘다는 신체적, 사회적 특징이 있으며, 잘난 체하지 않는 아이들은 농사꾼의 딸이거나 기숙 학생, 인근 시골에서 자전거로 통학하며 나이가 좀 들었고 대개는 낙제생들이다. 이들이 자랑거리로 삼을 수 있는 땅이나 트랙터, 도매상 등 농사와 관련된 모든 것은 아이들의 비웃음만 샀다. '촌구석'과 관련된 모든 것은 경멸되었다. "여기가 시골인 줄 알아!"라는 말은 욕이었다.

끈덕지게 쫓아다니는 또 다른 분류방식이 있다. 그것은 10월부터 다음 해 6월까지 적용되는 것으로, 아직까지 어린애 티를 못 벗은 몸을 서열화하는 것이다. 짧은 치마에 납작한 엉덩이 그리고 머리에 핀과 리본을 단 어린아이가 있었고, 교실 뒤쪽에 몰려 있는 나이 든 아이들이 있었다. 부풀어 오른 앞가슴, 일요일에 외출할 때 신는 양말 등. 나는 그들의 몸과 옷차림의 변화를 눈여겨보고, 치마 속에 있을 법한 생리대를 짐작하기도 하면서, 성적인 것을 배우기 위해 그런 아이들과 가깝게 지내려고 노력했다. 부모나 선생님들은 치명적 죄악에 대해 입도 뻥긋하지 않아 비밀의 한 자락을 귀동냥하려면 항상 귀를 세우고 어른들의 대화를 염탐해야 하는 세계에서, 비밀을 전해줄 수 있는 사람은 그런 큰 아이들밖에 없었다. 그들의 몸 자체가 이미 묵언의 지식의 원천이었다. 누군가가 "네가 기숙사 학생이었다면 숙소에서 피가 가득 찬 내 생리대를 보여주었을 텐데"라는 말을 했었다.

비아리츠에서 찍은 사진 속 처녀 티 나는 모습은 가짜였다. 마드무아젤 L.의 학급에서 나는 큰 키에 속했지만 가슴은 납작했고 어떤 육체적 변화의 기미도 보이지 않았다. 그해 나는 빨리 월경을 하고 싶다는 조바심에 사로잡혔다. 처음 만나는 여자아이들 앞에서 나는 저 아이가 월경을 할까 자문했다. 나는 월경을 하지 않는다는 열등감에 빠져 있었다. 7학년 때 느꼈던 육체의 불평등이야말로 내게 가장 민감했던 부분이었을 것이다.

나는 빨리 성숙해 보이려고 했다. 어머니의 금지와 학교의 처벌만 없었다면 나는 열한 살 때부터 미사 참례에 갈 때 스타킹에 굽 높은 구두를 신고 입술에 루주를 칠했을 것이다. 처녀 흉내를 내기 위해 내가 할 수 있는 것은 파마를 하는 것뿐이었다. 1952년 봄, 어머니는 처음으로 엉덩이에 달라붙는 주름치마와 몇 센티미터 정도의 굽이 있는 구두를 허락했다. 하지만 그해 여름, 허리와 엉덩이를 돋보이게 하기 위해 젊은 여자나 여인들 누구나 두르고 다니던, 폭 넓은 검은색 몸판에 두 개의 금속 고리가 달린 고무벨트는 하지 못하게 했다. 여름 내내 부러워서 안달했던 그 벨트에 대한 기억.

(이미지는 접어두고 시간이란 오로지 기억의 목록으로 인식된다는 가정하에 1952년을 대충 결산한다면, 〈내 사랑〉 〈멕시코〉 같은 노래, 검은 고무벨트, 노란 꽃무늬와 빨간 꽃무늬가 있는 주름진 비단으로 된 어머니의 치마, 그리고 검은색 플라스틱 매니큐어 세트가 기억난다. 특정한 해 혹은 한 계절 동안 나타났다가 사라진 옷, 광고, 노래, 영화가 욕망과 감정의 연대기에 약간의 정확성을 제공한다. 검은색 고무벨트는 남자의 마음에 들고 싶어하는 욕망이 눈뜨기 시작한 시기와 일치하고, 그전에는 그런 흔적을 찾을 수 없다. 〈쿠바 여행〉이란 노래는 먼 나라, 사랑에 대한 몽상에 해당된다. 마르셀 프루스트도 우리의 기억은 우리로부터 벗어나 시간의 축축한 입김, 가을 들어 처음 피우는 장작불의 냄새 같은 곳에 있다고 말한 것 같다. 변함없는 인간에게 위안을 주는 자연의 회귀성. 한

여름의 히트곡, 유행했던 벨트, 필히 소멸될 운명의 사물들에 추억이 고착된 나에게, 그리고 필경 내 세대의 모든 사람들에게 기억이란 나의 항구성 혹은 나의 정체성에 대한 어떤 증거도 제공하지 않는다. 그것은 단지 나의 분열, 나의 역사성을 느끼게 하고 확인시킬 뿐이다.)

교실에는 마치 다다를 수 없는 우주처럼 보이는 진짜 '큰 여자들', 학제상 6학년부터 철학반에 속하는 학생들이 있다. 상급생 중의 상급생인 이들은 교실을 바꿔가며 수업을 받기 때문에, 두툼한 책보를 들고 복도를 지나가는 모습을 볼 수 있었다. 그쪽 교실은 조용했고 그들은 장난도 치지 않았으며, 예배당 벽에 기대어 서거나 피나무 그늘에 옹기종기 모여서 토론을 했다. 우리는 그들을 항상 주목하지만 그들은 우리에게 눈길조차 주지 않는 것 같았다. 그들은 학교나 인생에 있어서 우리를 높은 곳으로 이끄는 이미지였다. 그들의 성숙한 육체, 무엇보다도 대수에서 라틴어까지 우등상을 발표할 때 엿볼 수 있는 그들의 지식, 그 폭과 신비로운 깊이를 감안하면 그들이 우리를 깔보는 것은 당연하다고 생각되었다. 고해성사표를 전달하기 위해 6학년 교실에 들어갈 때마다 나는 공포에 사로잡혔다. 감히 장엄한 지식의 전당에 훼방을 놓으려고 들어온 우스꽝스런 7학년 학생에게 꽂히는 시선이 느껴졌다. 교실을 나오면서 요란한 야유와 휘파람으로 나를 대하지 않았던 것에 놀라곤 했다. 고학년 중에 수업을 이해하는 데 어려움을 겪는 아이도 있고, 심지어 3학년을 한 번 혹은 두 번씩이나 낙제한 아이가 있다는 것은 짐작도 못 했다. 그런 사실을 알았다고 해도 그들이 나보다 훨씬 아는 것이 많다는 나의 확신을 흔들어놓지는 못했을 것이다.

그해 나는 오후 수업에 들어가기 전에 5학년 교실 안에서 한 여자아이를 찾아보려고 기웃거렸다. 가는 허리에 날씬한 몸매, 이마와 귀를 덮은 중간 길이쯤 되는 검은 곱슬머리, 부드러운 우윳빛 피부에 동그란 얼굴의 여자아이였다. 그녀가 내 눈길을 끈 것은 아마도 당시에 유행한 검은색 고무로 된 스노 부츠 대신 나처럼 지퍼가 달린 빨간 가죽 장화를 신었기 때문일 것이다. 그녀도 나에게 주목해 말을 걸지도 모른다는 가정은 한 번도 해보지 않았다. 나는 그녀의 모습, 검은 머리카락, 동그란 발목을 보고 그녀의 말을 엿듣는 것이 즐거웠다. 내가 알고 싶었던 유일한 것은 그녀의 이름, 그녀가 살고 있는 거리였다. 이름은 프랑수아 르누 혹은 르노였고 르아브르 거리에 살고 있었다.

사립학교에서 나는 친구가 한 명도 없었던 것 같다. 누구의 집에도 가지 않았고, 누구도 우리 집에 오지 않았다. 하긴, 누구나 등하굣길을 같은 길로 가는 것 외에는 학교 밖에서는 서로 왕래가 없었다. 동행의 우정만 있었을 뿐이다. 나는 근처의 농사꾼의 딸인 모니크 B.와 동행하며 짝을 이뤘다. 그녀는 아침에 늙은 숙모 집에 자전거를 세워두고(거기에서 점심도 먹는다) 저녁에 가지러 간다. 나처럼 크고 밋밋한 몸매였지만 뺨이 도톰했고 입술도 도톰했는데, 입가에는 음식물 흔적이 자주 남아 있었다. 그녀는 성적이 시원치 않아서 항상 불안해했다. 오후 1시에 그녀의 숙모 집에 들르면 우리는 먼저 무엇을 먹었는지 이야기했다.

가족이나 이웃 중에서 사립학교에 다니는 유일한 학생이었기 때문에 학교 밖에서는 누구와도 공부를 통한 친구가 될 수 없었다.

(휴일이면 아침부터 점심 때까지 침대에서 했던 놀이에 대한 기억. 어떤 할머니에게서 받은 한 상자나 되는 새 그림 엽서 뒤에 여자아이의 이름을 쓰는 놀이였다. 주소란에는 그림 엽서에 찍힌 도시의 이름만 썼다. 사연란에는 아무 글도 쓰지 않았다. 〈리제트〉 〈유행의 메아리〉 〈초가집의 모임〉 같은 잡지에서 이름을 찾아 잡지에 나온 순서대로 쓴다는 내 나름대로의 규칙이 있었다. 새 이름이 나오면 이름을 하나씩 지워가며 게임을 계속했다. 열댓 명의 수신자 이름을 꾸며대면 무한한 즐거움이(성적 욕망 같은 어떤 것) 있었다. 가끔은 아주 드물게, 역시 아무것도 쓰지 않은 엽서를 나에게 보내기도 했다.)

나는 이런 말을 들었다. **재는 학교가 전부잖아**.

어머니는 사립학교의 종교적 규율과 금지를 집에서도 이어가는 사람이었다. 그녀는 겨울의 저녁 미사, 구원 미사, 사순절 미사, 성 금요일의 십자가의 길 미사 등을 드리러 일주일에 몇 번씩 성당에 갔다. 행렬과 여러 가지 종교 축제는 어릴 적부터 그녀에게 정직하게 외출할 수 있고 점잖은 사람들 틈에 끼어 잘 차려입을 수 있는 기회였다. 그녀는 일찌감치 나도 끌어들여서(르아브르 거리를 따라 볼로뉴의 성모상을 찾아가던 긴 행진에 대한 기억) 노트르담 드 봉스쿠르 성당을 방문하거나 행진하는 것이 숲속을 걷는 산책처럼 즐거울 거란 환상을 주었다. 오후에 손님이 없을 때면 그녀는 위층에 올라가 십자가 아래 침대 머리맡에 무릎을 꿇고 앉아 기도를 드렸다. 부모님과 함께 쓰던 방에는 액자에 넣은 리지외의 성녀 테레즈의 대형 사진, 성녀 파스의 복제화, 사크레 쾨르의 판화가 걸려 있었고, 석고상 하나와 밤에도 빛나는 노란색 특수 도료가 칠해진 성상 하나가 벽난로 위에 있었다. 저녁이면 어머니와 나는 양쪽 침대에서 번갈아가며 아침에 학교에서 외웠던 것과 똑같은 기도를 드렸다. 금요일에는 스테이크나 소시지 등의 육류는 절대로 먹지 않았다. 버스를 타고 하루 동안 하는 리지외 순례는(수도원에서의 미사와 성체 배령, 성당, 성녀의 출생지인 뷔소네 방문) 여름에 온가족이 외출하는 유일하고 대단한 기회였다.

어머니는 전쟁 직후 폭격으로부터 우리를 보호해주신 성모의 은총에 감사드리기 위해 교구 순례단을 따라 혼자 루르드에 갔다.

어머니에게 종교란 지식, 문화, 훌륭한 교육처럼 **고양된** 모든 것에 속했다. 그녀는 교육을 받아본 적이 없던 터라 미사 참례, 강론을 통해 이런 정신적인 고양이 시작되었고, 그것은 **영혼을 여는** 방식이었다. 따라서 그녀는 독서를 금지하는 대목이라든가 성공하는 데 해로운 희생과 복종의 명령 같은 것은 무시하면서 사립학교의 교훈이나 목표와는 거리를 두었다. (그녀는 엄청난 양의 신문과 소설을 사서 내게 건네주곤 했다.) 그녀는 종교 교육의 과잉은 산수와 철자법 교육에 방해가 되므로 내가 교회 단체나 십자회에 가입할까 걱정했다. 종교는 교육을 대체하지 않고 보조로 남아야만 했다. 내가 수녀가 된다고 했다면 아마 그녀의 희망을 짓밟는 것이라 좋아하지 않았을 것이다.

세상 사람을 개종시키는 일에는 관심이 없었고, 그건 식당 여주인에게는 적당치 않은 것으로 보였던 모양이다. 더 이상 미사에 가지 않는 동네 아이에게 미소를 곁들인 한마디만 건넬 뿐이었다. 공장 노동자였던 진력에 의해 형성되고 그녀의 과격하고 야심찬 성격과 직업에 걸맞게 조절된 어머니의 종교관이란 다음과 같다.

종교란 개인적 행위로서 종교의 모든 장점을 물질적 삶을 윤택하게 하는 데 쏟아부어야 하며,

다른 가족이나 동네 손님 대부분과 자기를 구분 짓는 일종의 선민의식의 기호이며,

시내 중심지에 살면서 거들먹거리는 부르주아에게 과거 노동자였던 사람도 신앙심과 교회에 베푸는 자비심으로 인해 그들보다 더 가치 있는 존재임을 보여주는 사회

적 주장이며,

자아성취, 완벽주의에 대한 일반화된 욕망의 테두리이고, 거기에 나의 미래도 일부를 이루고 있다.

(어머니의 삶에서 종교가 지닌 의미와 역할의 전모를 밝힌다는 것은 불가능할 것 같다. 1952년의 내게 어머니는 종교 그 자체였다. 그녀는 사립학교의 규율을 더욱 엄격한 방향으로 수정했다. 그녀가 가장 자주 반복하는 설교 중 하나는 (겸손, 친절, 성실 등) **남을 본받되**, (그들의 결점을) **따라하지 마라**였다. 그리고 항상 (열심히 일하고, 처신을 똑바로 하고, 공손하면서) **남에게 모범을 보여라**라고 말하면서 다음과 같이 덧붙였다. **남들이 너를 어떻게 생각하겠니?**)

어머니가 '초록 문고*' 외에 내게 읽으라고 건네주는 신문과 소설은 사립학교의 가르침에 거스르는 것은 아니었다. 그것들은 〈초가집의 모임〉 〈유행의 메아리〉, 넬리나

* 6세에서 12세 사이의 아동을 대상으로 한 소설 전집으로, 초록색 표지가 특징이다.

막스 뒤 뵈지의 소설처럼 누구의 손에 들어가도 괜찮다는 조건에 부합하는 것이었다. 어떤 책들의 표지에는 문학성만큼이나, 혹은 그보다 윤리적 요구에 부합됨을 확인하는 아카데미프랑세즈*상 수상작이란 딱지가 붙어 있었다. 열두 살 때 나는 벌써 열다섯 권으로 된 베르트 베르나주의 '브리지트 연작집' 초판본을 가지고 있었다. 약혼하고 결혼해서 어머니와 할머니가 되는 브리지트의 인생을 일기 형식으로 서술한 책이다. 사춘기가 끝나갈 무렵 나는 그 전집을 갖게 되었다. 작가는《어린 소녀 브리지트》의 서문에서 이렇게 쓰고 있다.

브리지트는 망설이고 실수하지만 항상 바른 길로 되돌아온다. ……왜냐하면 이 이야기는 진실이고자 하기 때문이다. 좋은 가문, 아름다운 모범, 현명한 가르침, 건전한 혈통, 그리고 기독교 교리로 단련된 영혼. 이런 영혼은 "나도 남들처럼 해볼까" 하는 마음 때문에 또는 쾌락을 위해 의무를 저버리려는 유혹을 받지만, 온갖 수난을 겪으면서도 결국에는 의무를 택하고 만다. ……진정한 프랑스 여자란 변함없이 영원토록 자기 가정과 조

* 프랑스 최고 권위의 학술기관.

국을 사랑하는 여자, 그리고 기도드리는 여자이다.

브리지트는 거실과 피아노가 있는 세계, 테니스를 치고 전람회에 가고 불로뉴 숲으로 차를 마시러 가는 세계에 살면서, 물질적 재산을 경멸하는 참되고 겸손한 모범적 여인상을 구현한 여자이다. 부모들이 싸움박질은 결코 하지 않는 세계에서. 이 책은 기독교윤리적 법칙의 우수성뿐만 아니라 부르주아 생활양식의 우수성도 함께 보여주고 있다.•

(내게는 이런 종류의 이야기가 디킨스의 책보다 훨씬 사실처럼 보인다. 왜냐하면 사랑-결혼-아기라는 개연성 있는 운명의 선을 그리기 때문이다. 그런데 사실이라는 것에 가능성이 있을까?

내가 《어린 소녀 브리지트》와 델리의 《노예 혹은 여왕》을 읽고 부르빌 주연의 〈제법인데〉란 영화를 보러 갔던 무렵, 서점에는 사르트르의 《성 주네》, 칼라페르트의 《순

• 2050년에 지금의 잡지 〈스무 살〉이나 〈엘르〉 또는 사회에 실천적 윤리를 제공하는 수많은 소설을 읽는다면, 그것은 틀림없이 '브리지트 연작집'과 똑같은 이질감을 불러일으킬 것이다.

수한 사람의 진혼곡》이 나왔고, 연극으로는 이오네스코의 〈의자들〉이 상연되고 있었다. 내게 이 두 계열은 영원히 분리된 상태로 남아 있다.)

아버지는 항상 지역 신문만 읽었고, 종교에 대해 그가 하는 말은 "교회에 매달려 사는구먼" "신부한테 무슨 말을 지껄였어?"처럼 어머니에게 부리는 짜증이나 신부의 독신 생활에 대한 농담으로 튀어나올 뿐, 종교는 어떤 변변한 대접도 받지 못했다. 어머니는 일일이 대꾸할 가치도 없는 신성 모독이라 여겼기 때문인지 아무 말도 하지 않았다. 아버지는 주일 미사 때에도 남보다 빨리 나가기 위해 맨 끝에 서서 반쯤만 참례했고 '부활절 기간의 성체 배령'(고해성사와 영성체)도 그것이 무슨 강제 노역이나 되는 듯이 콰지모도의 일요일*(대죄를 범하기 직전의 한계)까지 미뤘다. 어머니는 그에게 구원에 필요한 극도로 최소한의 요구만 했을 뿐 다른 아무것도 강요하지 않았다. 저녁에도 그는 잠든 시늉을 하며 기도에 참여하지 않

* 부활절 후 맞는 첫 일요일.

았다. 진정한 종교, 즉 **고양되고 싶다**는 욕망이 없었던 아버지는 그래도 **제멋대로 행동하는** 사람은 아니었다.

그러나 어머니와 마찬가지로 사립학교는 그의 최상의 기준이었다. "그렇게 행동하고 말하는 걸 학교에서 본다면 뭐라고 하겠니?" 등등.

그리고 또 한 가지, **학교에서 사람들 눈 밖에 나면 안 된다**.

나는 내가 갇혀 있던 집단의 규범과 법칙을 백일하에 드러냈다. 나를 관통하여 자의식과 세계 인식을 구성하는 언어의 목록도 만들었다. 세상 어디에도 6월 일요일 사건을 위한 자리는 없었다.

그것은 내가 속해 있던 두 세계에 사는 사람 중 그 누구에게도 털어놓을 수 없었다.

우리는 술을 마시지 않거나 싸우지 않는 사람 또는 시내에 갈 때 정장을 차려입는 사람 같은 정상적인 범주에 더 이상 포함되지 않았다. 개학일마다 깨끗한 교복을 입고 예쁜 기도서를 가지고 있으며 어디에서나 1등을 하고 기도문을 줄줄 외웠지만, 나는 더 이상 다른 여학생과 같지 않았다. 나는 보지 말아야 할 것을 보고 만 것이다. 순진무구한 사립학교에서는 알지 말아야 할 것을 알았고, 그것을 통해 말끝마다 "아무튼 그런 걸 보고 사는 게 불행한 일이야"라는 이야기 속에 범람하는 폭력, 알코올의존증, 정신병의 세계 속에 딱히 말로 표현할 수 없는 식으로 소속되고 말았다.

나는 사립학교, 그곳의 품위와 완벽함에 어울리지 않는 사람이 되었다. 나는 부끄러움 속에 편입된 것이다.

부끄러움에서 가장 끔찍한 것이 있다면, 그것은 오로지 나만 부끄러움을 느낀다고 믿는 것이다.

나는 황망한 와중에 교리문답 시험을 고작 '그저 좋음'이란 점수로 통과해서 마드무아젤 L.의 놀람과 실망을 자아냈다. 그다음 주 수요일 6월 18일에 있었던 일이다.

그다음 일요일인 6월 22일, 나는 작년처럼 루앙의 기독교 학교 청년 축제에 참가했다. 우리는 늦은 밤 버스에서 내렸고, 마드무아젤 L.이 내가 사는 동네까지 학생을 데려다주는 일을 맡았다. 새벽 1시경이었다. 나는 식품점 문을 두드렸다. 한참이 지난 후에야 가게에 불이 켜지더니 구겨지고 얼룩덜룩한(오줌을 누고 옷으로 그냥 닦았기 때문에) 속옷 바람으로, 잠이 덜 깨 입을 굳게 다물고 머리를 산발한 어머니가 현관 불빛 아래에 나타났다. 마드무아젤 L.과 몇몇 학생들이 하던 이야기를 뚝 멈췄다. 어머니가 어물어물 인사말을 건넸지만 아무도 답례하지 않았다. 나는 이 상황을 빨리 모면하려고 가게 안으로 들어가버렸다. 나는 처음으로 어머니를 사립학교 세계의 시선으로 보았던 것이다. 나의 기억 속에서 아버지가 어머니를 죽이려 했던 장면과 아무 상관없는 이 장면이 그것의 연장으로 생각된다. 아무렇게나 풀어헤쳐진 이상한 셔츠 사이로 내비친 어머니의 알몸뚱이를 통해 우리의 진면목, 우리가 살아가는 방식이 발각된 것처럼 느껴졌다.

(어머니가 셔츠에 가운을 걸치고 있었고, 그래서 친구

들과 선생님이 조금도 놀라지 않았다면 그날 밤은 기억에 남아 있지 않았을 수도 있다. 물론 거기까지는 생각이 미치지 못했다. 하지만 눈을 뜨자마자 허둥지둥 옷을 입고 일터로 나가야 하는 우리 부류의 여자들에게 잠옷이나 가운은 우스꽝스럽기까지 한 이상한 사치품으로 여겨졌다. 잠옷이 존재하지 않는 나의 사고 체계 속에 살면서 부끄러움에서 벗어나기란 불가능했다.)

그 뒤 여름 내내 있었던 모든 일들은 우리의 천박함을 재확인하는 것이었다. 이렇게 사는 사람들은 '우리밖에' 없다.

할머니가 7월 초 색전증으로 돌아가셨다. 나는 아무렇지도 않았다. 열흘쯤 후에 코르드리 동네에서 갓 결혼한 사촌 오빠와 당시 할머니 집에서 살고 있던 어머니의 여동생인 이모 사이에 격렬한 싸움이 벌어졌다. 이웃 사람들이 구경하고 사촌의 아버지 조제프 삼촌이 언덕에 앉아 응원했다. 사촌 오빠는 자기 이모를 주먹으로 때렸다. 이모는 피투성이가 되고 시퍼렇게 멍이 들어 가게로 뛰어왔다. 어머니는 이모를 데리고 경찰서에 갔다가 병원으로 갔다(그 사건은 몇 달 후 재판에 회부되었다).

한 달 내내 코감기와 기침이 떨어지지 않았다. 그러던 어느 순간 갑자기 오른쪽 귀가 들리지 않았다. 여름 감기 정도에 의사를 부르는 것은 우리 관습 밖의 일이었다. 내 목소리조차 들리지 않았고 다른 사람 말은 안개 속을 지나 귀에 와 닿는 듯했다. 나는 말하는 것을 피했다. 그리고 평생 이렇게 살도록 선고받은 거라고 믿었다.

다시 7월, 코르드리 거리에서 일어난 사건에 대한 이야기. 식당 문을 닫은 뒤 나는 테이블에 앉아 다리가 휘어진 내 안경에 대해 투덜거렸다. 안경다리를 바로잡으려고 하는데 어머니가 악을 쓰며 안경을 낚아채더니 온 힘을 다해 부엌 바닥에 내동댕이쳤다. 안경알이 산산조각났다. 뒤이어 기억나는 건 아버지와 어머니가 서로에게 퍼붓는 비난과 나의 흐느낌뿐이다. 그리고 이어지는 황폐감. "우리 집안은 정말로 미쳐 있다."

부끄러움 중에는 이런 것도 있다. 나에게는 어떤 일이든 일어날 수 있고, 결코 멈추지 않을 것이며, 부끄러움 뒤에는 오직 부끄러움만 따를 거라는 느낌.

할머니의 죽음과 이모의 구타 사건이 있은 지 얼마 뒤, 나는 매년 여름이면 으레 그랬듯이 어머니와 시외버스를 타고 에트르타 해변에 갔다. 어머니는 잠깐 사라지더니 상복을 입고 나타났다. 그리고 해변에서는 'Y시 사람들의 입방아에 오르는 걸 피하기 위해' 노란 꽃무늬와 빨간 꽃무늬가 있는 푸른색 치마를 입었다. 그때 어머니가 찍어준 사진은 잃어버렸는지 아니면 고의로 찢어버렸는지 지금은 없다. 그 사진 속에서 나는 에귀유 골짜기와 아발 협곡을 배경으로 무릎까지 물에 들어가 있었다. 그리고 몸에 꼭 끼는, 실로 짠 수영복을 입고 양팔을 몸에 바짝 붙인 채 배는 넣고 없는 가슴은 내밀려고 애쓰면서 똑바로 서 있었다.

그해 겨울, 어머니는 시내 관광버스 회사가 주관하는

단체 여행에 아버지와 나를 등록해주었다. 여행 일정은 로카마두르, 파디락 동굴 등 관광지를 거쳐 루르드 성지로 가서 사나흘 머물다가 갔던 길과는 다른 길로 해서 비아리츠, 보르도, 루아르 성지를 들르며 돌아오는 것이었다. 이번에는 아버지와 내가 성지순례를 할 차례였다. 8월 하순, 아직은 깜깜했던 떠나는 날 아침, 바닷가 조그만 마을에 들러 다른 일행을 태우고 오는 관광버스를 기다리기 위해 우리는 레퓌블리크 거리에서 한참 동안 서 있었다. 아침에는 드뢰에서 카페에, 점심에는 올리베에서 루아레 강변의 식당에 잠깐 들렀을 뿐, 하루 종일 차를 탔다. 비가 쉴 새 없이 쏟아져 차창 밖으로는 아무것도 보이지 않았다. 드뢰의 카페에서 개에게 각설탕을 주다가 긁힌 손가락이 부풀어 오르기 시작했다. 남쪽으로 내려갈수록 나는 낯선 분위기에 사로잡혔다. 왠지 어머니를 다시는 보지 못할 것 같은 느낌이 들었다. 비스킷 제조업자와 그의 부인을 제외하고는 아는 사람이 아무도 없었다. 우리는 한밤중에 리모주의 어느 현대식 호텔에 도착했다. 저녁 식사 시간의 식당 안에는 우리 일행뿐이었다. 우리는 감히 웨이터에게 말을 건네지 못했다. 모든 것에 대한 막연한 두려움 때문에 주눅이 들었던 것이다.

사람들은 첫날 출발할 때 앉았던 좌석을 그대로 유지하면서 여행이 끝날 때까지 바꾸지 않았다(그래서 그들을 기억하기 쉽다). 첫 번째 줄 오른편, 우리 앞에는 Y시 보석상의 젊은 두 딸, 우리 뒤에는 넓은 땅을 소유한 대지주 과부와 루앙 기독교 학교의 기숙 학생인 열세 살짜리 딸, 다음 줄에는 루앙의 은퇴한 전직 우체국 직원인 홀아비, 밤색 외투를 입고 작은 샌들을 신은 뚱뚱한 초등학교 여자 선생님, 첫 번째 줄 왼편에는 비스킷 제조업자와 그 부인 그리고 작은 바닷가 마을에서 포목점을 하는 부부, 두 명의 버스 운전기사의 젊은 부인들, 농사꾼 부부 세 쌍이 있었다. 버스 운전기사를 제외하고는 서로 잘 알지도 못하는 사람들과 열흘 동안 그렇게 가까이 지낸 것은 그때가 처음이었다.

날이 지나면서 집을 떠나온 것이 점점 덜 힘들어졌다. 노르망디의 견디기 힘든 더위 속에서 산을 구경하고, 매번 점심과 저녁을 레스토랑에서 먹고, 호텔에서 자는 것이 즐거워졌다. 찬물과 더운물이 따로 나오는 세면대에서 씻을 수 있다는 것이 내게는 사치였다. 부모와 함께 사는

한(그것은 아마도 하층 세계에 소속된다는 기준이 될 것이다) '우리 집보다는 호텔이 더 아름답다'는 생각이 들었다. 매번 차에서 내릴 때마다 나는 새 호텔 방을 보고 싶어 조바심이 났다. 그리고 몇 시간 동안 아무것도 하지 않은 채 그냥 거기에 있었다.

아버지는 연신 모든 것에 불신을 드러냈다. 여행하는 동안 대개는 험하기 일쑤인 산길을 가면서 아버지는 경치보다는 운전기사의 운전하는 모습에 더욱 신경을 곤두세웠다. 매일 잠자리가 바뀌는 것도 불편해했다. 음식을 대단히 중요하게 여기는 아버지는 빵이나 텃밭에서 직접 가꾼 감자처럼 일상적 음식에는 질을 꼼꼼히 따지는 편이라, 접시에 담아 내놓은 음식에 의심의 눈초리를 보냈다. 성당과 성을 방문할 때면 항상 뒤에 처져서 마치 나를 즐겁게 해주기 위해 따라왔다가 고역을 치르는 사람처럼 보였다. 그는 자기가 노는 물에 있지 않은 것이었다. 자신의 취향과 습관에 맞는 사람들에게 하듯 행동할 수 없었던 것이다.

은퇴한 우체국 직원, 비스킷 제조업자, 그리고 포목점

주인과 사귀면서 아버지의 기분이 좋아지기 시작했다. 그들과의 확연한 차이에도(그들의 손은 모두 말간 흰색이었다) 세금 같은 공동의 관심사가 있었다. 그들은 모두 아버지보다 나이가 많았고, 아버지와 마찬가지로 피곤하게 땡볕 속을 걷기 위해 온 것은 아니었다. 그래서 오랫동안 식탁에 남아 있었다. 대화의 주제는 지나왔던 마을들이 몇 달 동안 비가 오지 않아 겪어야 했던 가뭄, 남프랑스의 사투리 등 우리와는 다른 모든 것들, 그리고 뤼르 지방에서 일어났던 살인 사건이었다.

나는 열세 살 여자아이 엘리자베스와 친하게 지내는 것이 당연하다고 믿었다. 한 살밖에 차이가 나지 않았고, 5학년이긴 했지만 그 아이도 나처럼 사립학교에 다녔기 때문이다. 키도 비슷했는데 그 아이는 가슴이 봉긋하게 부풀어 벌써 처녀 티가 났다. 첫날에 그녀는 붉은색, 나는 오렌지색 윗도리를 입었지만 우리 둘 다 파란색 주름치마를 입은 것을 보고 나는 무척 반가웠다. 그녀는 입을 벌리면 금니가 몇 개씩 보이고, 한 번도 아버지에게 말을 건 적이 없는 그녀의 어머니와 마찬가지로 내가 말을 걸자 씽끗 웃기만 했다. 어느 날 나는 지난번 청년 축제 때 한 번 입었던 체육복 치마와 셔츠를 입었다. 그녀는 “청년 축제에 갔었니?”라고 물었다. 나는 자랑스럽게 “응”이라고 말하고 둘 사이에 형성된 공감대의 표시로 큰 미소를 곁들였다. 그런데 곧바로 나는 그녀의 묘한 어투 때문에 그것이 “너는 체육복밖에는 입을 게 없니?”라는 뜻임을 알아챘다.

한번은 일행의 여자 중 하나가 “저 아이는 나중에 예쁠 거야”라고 하는 말이 들렸다. 내가 아니라 엘리자베스를 두고 하는 말이란 것을 나는 나중에야 알았다.

보석상집 딸들에게 말을 거는 것은 생각조차 할 수 없었다. 나는 여자 일행 중에서 어느 축에도 끼지 못한 채 한창 자라고 있는, 그저 크고 밋밋하고 튼튼한 여자아이일 뿐이었다.

루르드에 도착하자 나는 이상한 증세에 빠졌다. 눈앞에

서 집과 산, 이런 경치들이 끊임없이 스치고 지나가는 것이었다. 호텔 레스토랑에 앉아 있어도 눈앞에서 거리의 벽면들이 끝없이 '스치고 지나갔다'. 폐쇄된 장소들만 움직이지 않았다. 나는 아버지에게 아무 말도 하지 않았다. 나는 내가 미쳤고 영원히 그럴 거라고 믿었다. 아침에 눈을 뜰 때마다 나는 끊임없이 움직이는 이 경치가 언제 멈출지 생각했다. 비아리츠에 와서야 정상으로 돌아온 것 같았다.

횃불 행진, 땡볕 아래에서 서서 하는 야외 미사(졸도할 뻔해서 어떤 부인이 접는 의자를 빌려주었다), 기적의 동굴에서의 기도 등 아버지와 나는 어머니가 부과한 종교적 의무를 완수했다. 종교 학교와 어머니가 말끝마다 경탄했던 이 장소가 정말 아름다웠는지는 말하기 어렵다. 거기 있으면서도 나는 아무런 감흥도 느끼지 못했다. 막연한 권태, 가브 강가의 잿빛 아침만 기억난다.

일행과 함께 우리는 중세의 성, 베타랑의 동굴, 그리고 원형 천막 같은 데서 베르나데트 수비루* 시대의 풍경을 커다란 캔버스에 재현한 파노라마를 구경했다. 가르바니

원형 협곡과 스페인 다리에 가지 않고 남았던 사람은 우리와 은퇴한 우체국 직원뿐이었다. 이 코스는 여행비에 포함되지 않았고 아버지 수중에 그리 많은 돈은 없었던 것 같다(비아리츠의 카페 테라스에서 다른 두 상인들과 코냑을 마신 뒤 그 값을 알고 당황해하던 아버지의 표정).

우리는 실제 여행이 어떨지는 전혀 생각하지 못했다. 우리가 모르는 수많은 관습들이 있었다.

보석상집 딸들은 버스에서 내리면 관광지를 구경하려고 가이드북을 들고 다녔다. 그들은 가방에서 초콜릿과 빵을 꺼내 먹기도 했다. 우리는 먹을 거라곤 배가 아플 때를 대비해 가져온 각설탕과 멘톨 증류주를 제외하고 아무것도 없었다. 그렇게 할 필요가 없다고 생각했던 것이다.

나는 신발이라고는 견진성사를 위해 산 하얀 운동화 한 켤레밖에 없었는데, 금세 더러워졌다. 어머니는 그것을 빨 수 있는 세제를 챙겨주지 않았다. 낯선 도시에서 가게를 찾아가는 일이 절대 불가능한 일인 양 세제를 살 엄

* 루르드 출신의 성녀로, 1933년 교황 비오 11세에 의해 성녀로 시성되었다.

두는 조금도 내지 못했다. 어느 날 루르드에서 호텔 방문 앞에 신발들이 가지런히 놓인 것을 보고는 나도 내 것을 문 앞에 내놓았다. 다음 날에도 내 운동화는 여전히 더러웠고 그것을 보고 아버지는 빈정거렸다. "내가 뭐라고 하든, 미리 돈을 내야 하는 거야." 우리에게 그것은 생각지도 못할 일이었다.

우리는 기념 메달과 어머니와 친지에게 보낼 그림 엽서만 샀다. 〈카나르 앙셰네〉 외에는 신문도 사지 않았다. 여행지의 지역 신문에 우리 지방과 관련된 뉴스는 없었기 때문이다.

비아리츠에서 나는 수영복도 셔츠도 없었다. 우리는 옷을 다 입고 신발을 신은 채 비키니 차림의 그을린 몸들 사이로 해변을 걸어 다녔다.

다시 비아리츠의 커다란 카페에서 아버지는 사람들에게 집에서 들은 적이 있는 신부의 음담패설을 해주었다. 사람들은 어색한 웃음을 지었다.

돌아오던 길에 대한 세 가지 기억.

아마 오베르뉴 지방이었던 것 같은데, 붉은 풀이 난 황토 고원에 잠깐 멈춰 섰을 때 나는 일행으로부터 멀리 떨어져 나와 대변을 보았다. 필경 다시는 돌아오지 않을 장소에 나의 어떤 것을 놓고 간다는 생각이 들었다. 잠시 후 내일이면 나는 먼 곳에 있을 테고 다시 학교에 갈 것이며, 이 황량한 고원에 버려진 나의 것은 아마 오랫동안, 겨울까지 여기 남아 있을 것이란 생각.

블루아 성의 계단에서였다. 감기에 걸린 아버지는 쉴 새 없이 기침을 했다. 관광 가이드의 해설은 들리지 않고 오로지 궁륭 아래로 울려 퍼지는 그의 기침소리만 들렸다. 일행은 계단 끝까지 올라갔지만 아버지는 거리를 두고 뒤에 남았다. 나는 돌아서서 아버지를 기다렸는데, 아마도 마지못해 그랬던 것 같다.

여행의 마지막 저녁, 우리는 투르에서 바닥에 유리가 깔리고 조명이 휘황찬란한 레스토랑에서 식사를 했다. 우아한 손님만 드나드는 곳이었다. 아버지와 나는 일행과 함께 긴 식탁의 끝자리에 앉아 있었다. 종업원들이 우리

식탁을 무시했는지 오랫동안 음식을 기다려야 했다. 우리 옆의 작은 테이블에는 앞가슴이 팬 옷에 검게 그을린 피부의 열네댓 살 여자아이와 그의 아버지처럼 보이는 남자가 있었다. 그들은 다른 사람들의 눈치를 보지 않고 여유만만하게 웃고 떠들었다. 여자아이는 유리병에 든 걸쭉한 우유 같은 것을 먹었는데, 몇 년 뒤에야 그것이 요구르트인 것을 알았다. 나는 건너편 거울을 통해, 멍하니 허공을 보는 아버지 곁에서 창백하고 쓸쓸한 표정으로 조용히 앉아 있는 안경 낀 내 모습을 보았다. 나는 그 어린 여자아이가 나와 다른 점이 무엇인지 샅샅이 살펴보았지만, 어떻게 하면 그 아이와 닮아질 수 있는지는 알지 못했다.

그러다 불쑥, 아버지는 평소와는 다른 격렬한 태도로 아무 맛도 없고 희끄무레한 '돼지감자'로 만든 퓌레를 먹으라고 내놓는다고 불만을 표시했다. 몇 주가 지난 뒤에도 그는 '돼지감자'를 내놓은 이 저녁 식사에 대한 뿌리 깊은 원한을 표시했다. 나는 그제서야 그것은 일종의 에둘러 말하는 방식이었음을 깨달았다. 메뉴를 보고 하나하나 주문하는 다른 멋진 손님 축에 끼지 못했기 때문에 냉대와 모든 모욕을 감수한 뒤에 돌려 말하는 방식이란 것을.

(그해 여름의 이미지를 하나하나 거론하면서 나는 내가 '그제서야 나는 알게 됐다'라든지 '나는 ~를 깨달았다'라고 쓰는 경향이 있다는 사실을 발견했는데, 이런 단어는 체험한 상황에 대한 명징한 의식이 있음을 상정한다. 거기에는 이 단어들을 모든 의미 외적인 것에 고정시키는 부끄러움의 느낌만이 있을 뿐이다. 그러나 그 무거움, 그 무화 작용을 내가 느끼지 않도록 할 수 있는 것은 아무것도 없었다. 그것이 최후의 진실이다.

그것이 글을 쓰고 있는 여인과 1952년의 어린 여자아이를 연결하는 끈이다.

보르도, 투르, 리모주를 제외하고 여행 중에 방문했던 장소를 두 번 다시 가지 않았다.

투르의 레스토랑에 대한 기억이 가장 또렷하다. 아버지의 삶과 문화에 관한 책을 쓸 때면, 마치 두 개의 세계가 존재하고, 우리는 어쩔 수 없이 밑바닥 세계에 속한다는 증거인 양 그 기억이 끊임없이 되살아났다.

6월 일요일의 사건과 여행 간에는 시간적 관계 외에는 아무것도 없을 것이다. 하지만 한 사건 후에 일어난 사건은 앞선 사건의 그늘 아래서 체험되는 것이다. 사건의 연속이 아무 의미도 없다고 어떻게 단언할 수 있는가.)

돌아오는 길에 나는 쉴 새 없이 이 여행에 대해 생각했다. 호텔 방, 레스토랑, 대낮의 거리에 있던 내 모습을 그려보았다. 햇볕이 내리쬐고 더운 물이 나오는 세면대가 있는 방과, 아버지와 딸이 소설에서처럼 대화하는 또 다른 넓은 세계가 존재한다는 것을 나는 알게 되었다. 우리는 거기에 있지 않았다. 여기에는 재론의 여지가 없었다.

내가 이상적 하루라는 놀이, 일종의 의식 같은 것을 시작한 것은 그해 여름부터였던 것 같다. 그것은 일단 연재소설과 몇몇 기사를 읽은 다음 우리가 구독하는 잡지 중에서 가장 광고가 많은 〈유행의 메아리〉를 가지고 하는 놀이였다. 방법은 항상 같았다. 나는 내가 커다랗고 예쁜 집에 혼자 사는(혹은 파리의 방에서 혼자 사는) 여자라고 상상한다. 잡지에서 광고하는 제품으로 예쁜 이와(기브스 치약) 탐스러운 붉은 입술(베제 루주) 그리고 날씬한 각선미가(엑스형 거들) 되도록 나의 몸과 외모를 치장한다. 그리고 통신판매 카탈로그에서 제안하는 옷이나 맞춤복을 입고, 가구는 바르베 백화점에서 들여온다. 학교는 최고의 취업률을 자랑하는 에콜 위니베르셀이다. 음식은 면류, 아스트라 마가린 등 건강에 좋다는 효과가 입증된 것만 먹는다. 모든 '광고'를 상상할 수 있을 만큼 충분한 시간을 가지고 천천히 책장을 넘기며, 잡지에 난 광고의 제품만으로(반드시 지켜야 할 규칙이다) 이미지들을 조합해 이상적 하루의 이야기를 꾸미면서 나를 창조하면, 이루 말할 수 없는 희열이 느껴진다. 그것은 예를 들면 레비탕 침대에서 눈을 뜨고 바나니아*로 아침 식사를 한 다음 비타푸앵트**를 나의 '윤기 있는 머리카락'에 바르고 통신교육으로 간호원이나 사회복지사 공부를 하는 것이

* 유명 초콜릿 드링크.

** 헤어크림.

다. 매주 광고가 변하므로 놀이 역시 달라지는데, 이것은 소설을 읽으며 상상의 날개를 펴는 것과는 정반대로 아주 능동적이고 자극적이지만(현실의 물건으로 미래를 만들어내는 것이므로) 결코 하루 전체의 일정을 만들어낼 수 없으므로 허탈한 것이 되고 만다.

그것은 이름도 없는 은밀한 활동이었으며, 나 아닌 다른 사람들이 이런 놀이에 빠져드는 게 가능하다고는 절대 믿지 않았다.

9월에 쿠프, 파밀리스테르 등의 슈퍼마켓이 시내 중심지에서 문을 열자 가게 장사가 급격히 기울기 시작했다. 루르드 여행이 우리에겐 너무 큰 사치였던 것 같다. 아버지와 어머니는 오후에 부엌에서 낮은 목소리로 두런두런 이야기를 했다. 어느 날 어머니는 아버지와 내가 루르드의 동굴에서 제대로 기도하지 않았다고 비난했다. 우리는 웃음을 터뜨렸고, 어머니는 우리가 이해하지 못하는 그녀와 하나님과의 관계를 들켜 부끄럽다는 듯 얼굴을 붉혔다. 아버지와 어머니는 가게를 팔고 대형 식품점의 점원이 되거나 예전처럼 공장으로 돌아갈 것을 고려하고 있었다. 그런 일이 벌어지지 않은 걸 보면, 아마 나중에 사정이 나아졌나 보다.

그달 말쯤 나는 치통을 앓았고 어머니를 따라 난생처음 Y시의 치과에 갔다. 의사는 잇몸에 차가운 물줄기를 쏘기 전에 "능금주를 마시면 이빨이 시리니?" 하고 물었다. 능금주는 노동자들, 특히 시골에서 아이 어른 할 것 없이 모두 마시는 음료였다. 집에 와도 나는 학교 기숙사에서처럼 맹물이나 가끔 석류즙을 탄 물을 마셨다. (우리의 사회적 계층을 암시하는 말에서 더 이상 벗어날 수 없는 걸까?)

개학 후 어느 토요일의 방과 후에 나는 다른 두서너 명의 학생과 6학년 담당인 B. 선생님과 함께 교실 청소를 했다. 총채를 흔들다 흥에 겨워 나는 목청껏 볼레로를 불렀다. 그러다가 노래를 뚝 멈췄다. 선생님이 끝까지 불러 보라고 닦달했지만 나는 거절했다. 나의 천박함이 드러나길 기다렸다가 그걸 지적하려는 속셈이라고 확신했기에.

계속 노래할 이유가 없었다. 부끄러움은 반복되고 누적될 뿐이다.

우리 존재의 모든 것이 부끄러움의 표식으로 변했다. 마당의 오줌통, 함께 자는 방(공간 부족으로 인해 우리 계층이 대개 그렇듯 나는 부모와 같은 방에서 잤다). 어머니의 손찌검과 거친 욕설, 술에 취한 손님들과 외상으로 물건을 사는 친척들. 술에 취한 정도를 정확히 파악할 줄 알고 월말이면 통조림으로 끼니를 때우는 우리 삶에 대한 정확한 인식. 오직 이 인식만으로도 내가 사립학교의 무시와 경멸의 대상인 계층에 속한다는 사실이 분명해졌다.

부끄러움을 느끼는 것은 당연한 일이었다. 그것은 내 부모의 직업, 궁핍한 그들의 생활, 노동자였던 그들의 과거, 그리고 우리의 존재 양식에서 비롯된 결과물이었다. 또한 6월 일요일의 사건에서. 부끄러움은 내 삶의 방식이 되었다. 아니, 더는 인식하지조차 못했다. 부끄러움이 몸에 배어버렸기 때문이다.

책이 나온 뒤에는 다시는 책에 대해 말도 꺼낼 수 없고 타인의 시선이 견딜 수 없게 되는 그런 책, 나는 항상 그런 책을 쓰고 싶다는 욕망을 갖고 있었다. 하지만 열두 살에 느꼈던 부끄러움의 발치에라도 따라가려면 어떤 책을 써야 할까?

1996년의 여름이 끝났다. 이 책을 구상하기 시작했을 무렵 사라예보의 시장 바닥에 박격포탄이 떨어져 수십 명이 죽고 수백 명이 부상당했다. 몇몇 작가들이 "부끄러움에 목이 멘다"라고 신문에 썼다. 그들에게 부끄러움이란 하루아침에 생겼다가 그다음 날이면 떨쳐버릴 수 있고 어떤 상황에는(보스니아 내전) 적용되지만 다른 상황에는(르완다 내전) 그렇지 않을 수 있는 개념이었다. 사라예보 시장의 피바다를 기억하는 사람은 아무도 없었다.

이 책을 쓰고 있었던 지난 몇 달 동안 어떤 영화가 개봉했든 어떤 책이 발간됐든, 혹은 어떤 예술가가 죽었든 그것이 1952년에 일어난 사건이면 대뜸 신경이 곤두섰다. 그런 일들이 까마득히 먼 그해의 현실, 어린아이였던 내 존재의 실체를 증명하는 것처럼 여겨졌다. 1952년 일본에서 출간된 오오카 쇼헤이의 《불》이란 책에서 나는 이런 글귀를 읽었다. "이 모든 게 어쩌면 환상에 불과할 수도 있지만, 내가 그렇게 느꼈다는 것만은 의심할 수 없다. 회상도 하나의 체험이다."

비아리츠의 사진들을 본다. 아버지는 이십구 년 전에 돌아가셨다. 사진 속 여자아이와 지금의 나 사이에는 이제 아무런 공통점도 없다. 내게 이 책을 쓰게 만든 6월 일요일의 그 장면을 마음속에 품고 있다는 점만 제외하면. 그 장면은 결코 내 마음속에서 떠난 적이 없었다. 이 작은 여자아이와 나를 같은 사람으로 만드는 것은 오로지 그 사건뿐이다. 나의 정체성과 내 존재의 항구성을 가장 강렬하게 느낀 오르가슴을 나는 그로부터 이 년 뒤에나 느꼈기 때문이다.

1996년 10월

옮긴이 해설

여자들의 조건과 사회적 세계의 구조에 대한 돌이킬 수 없는 의식화

이재룡

1940년 프랑스 북서지방 소도시에서 작은 식당 겸 식품점을 꾸렸던 가난한 집안에서 태어난 아니 에르노는 1974년 《빈 장롱》으로 등단하여 2019년에 이르기까지 20여 편의 작품과 5편의 대담집을 발표했다. 초기 3부작 《빈 장롱》(1974), 《그들이 말한 것, 혹은 말하지 않은 것》(1977), 《얼어붙은 여자》(1981)는 흔히 자전적 소설이라 분류될 수 있었지만 1983년 《남자의 자리》에서 작가는 자신의 작품에서 '소설'이라는 명칭을 떼어버렸다. 빈곤의 질곡에서 벗어나지 못했던 아버지의 삶을 소재로 삼아 소설을 쓰려다가 무엇인가 '열정적'이거나 '감동적' 허구를 꾸며내는 것이 부적절하다고 느낀 탓이다. 그녀가 생각한 소설이란 열정과 감동을 자아내려는 의도로 현실의 일부를 떼어내어 꾸며낸 허구이기 때문에 진실을 전달하기에 적합하지 않았다. 게다가 학교에서 권하는 전통문학, 예컨대 마르셀 프루스트나 프랑수아 모리아크의 소설에서 자신의 아버지 같은 소시민의 삶은 찾아볼 수 없다는 것도 그녀가 전통적 글쓰기를 포기한 원인이 되었다. 자신의 작품을 사회학적이며 자전적 글쓰기의 결과라고 정의한 그녀는 은유나 상징을 배제한, 소위 밋밋한 글쓰기를 통해 소외계층이 영위하는 일상적 삶의 장면을 파편적으로 나열하는 형식을 취했다.

그녀가 자전적 글쓰기로 방향을 바꾼 것은 1980년대 프랑스의 문학적 분위기와도 관련된다. 당시 '작가의 죽음'을 운위하며 이데올로기와 구조를 내세우던 '거대담론'이 서서히 내파되며 주체의 귀환을 엿볼 수 있는 일인칭의 글쓰기가 그 빈자리를 대체할 장르로 부상했고, 때마침 여가를 이용해서 가족의 뿌리를 찾아 기록하려는 움직임이 집집마다 일었다. 더불어 1960년대를 그리워하는 복고취향이 유행하는 현상과 맞물리면서 아니 에르노의 작품이 부각되었다. 요컨대 거대담론의 반작용으로 시작된 주체의 부활, 전통적 주인공이 아닌 가난한 소시민의 일상, 그리고 과거에 대한 향수가 1980년대에 본격적으로 활동한 아니 에르노의 작품을 수용하는 토양이 되었던 셈이다. 미셸 레리스, 조르주 페렉, 알랭 로브그리예 등 프랑스의 주요작가들도 이런 흐름에서 그들의 작품이 지닌 자전적 특징으로 주목받았으나 이들 중에서 그 시대의 흐름에 온전히, 그리고 지속적으로 부합되었던 작가는 단연 아니 에르노였다.

아니 에르노는 자서전 작가가 흔히 빠지기 쉬운 과거 윤색이나 자기연민에 빠지지 않고 객관적 물증에 입각한 과거를 기록하는 글쓰기 노선을 지속했다. 아버지(《남자의 자리》)와 어머니(《한 여자》, 1989)의 삶을 전기적 형식으로 재현했다면 1992년 발표한 《단순한 열정》은 자신의 사랑 체험을 절절하게 기록한 것으로, 작가가 본격적으로 대중적 관심을 끌었던 대표작이 되었다. 《밖의 일기》(1993), 《외면적 삶》(2000)에 이르기까지 아니 에르노의 작품이 집중적으로 발표된 시기는 1984년부터 2000년대 초반까지 약 이십 년 동안이다. 그 시기 동안 발표된 작품이 비교적 짧은 분량이었으나 2008년에 발표한《세월》은 과거 작품보다 적어도 서너 배의 분량을 가진 대작이었다. 그리고 삼 년 후인 2011년, 아니 에르노의 대표작 12편을 하나로 묶은《삶을 쓰다》가 출간되면서 그녀 작품 세계의 전모가 실질적으로 정리된 셈이다. 이후 글들은 그 12편에 대한 보완이나 주석의 차원에 머물렀고, 앞으로도 그럴 공산이 크다.

《삶을 쓰다》의 서문에서 작가는 전집에 수록한 작품의 순서에 대해 꼬집어 설명했다. 작가와 관련된 서지 작성은 주로 출간된 순서에 따르지만 전집의 수록 순서는 작품내용에 해당되는 작가의 나이 순서에 따른다고 밝힌 것이다. 다른 서지 목록에서 여덟 번째(혹은 아홉 번째)에 들어가는《부끄러움》이 전집에서는 등단작《빈 장롱》에 뒤이어 두 번째로 수록되었다는 점이 이채롭다. 일기를 제외한다면 1992년《단순한 열정》 이후 오 년간의 침묵 후인 1997년에 발표한《부끄러움》을 발간 순서를 무시하고 두 번째로 수록한 것은 그 이전에 발표한 7편의 작품, 나아가 향후 발표될 작품까지 포함하여 그녀 작품 세계를 해독할 수 있는 중요한 열쇠가 압축되었기 때문이라 짐작된다. 이전에 아버지와 어머니의 삶을 전기형식으로 서술한 작품이 비교적 호평을 받았던 반면, 중년의 여교수가 외국인 남자와 맺은 불륜을 다룬《단순한 열정》은 대중적 관심에도 불구하고 평단의 반응은 양분되거나 비교적 싸늘했다. 특히 이 작품을 계기로 이전 작품까지 싸잡아 비판하는 목소리도 적지 않았다. 허구를 배제하고 체험한 것만을 솔직히 서술하는 작가는 자칫 윤리적 비난에서 자유롭지 않다. 아니 에르노는 "책이 나온 뒤에는 다시는 책에 대해 말도 꺼낼 수 없고 타인의 시선이 견딜 수 없게 되는 그런 책, 나는 항상 그런 책을 쓰고 싶다는 욕망을 갖고 있었다"고 고백한다. 가난하고 천박했던 아버지와 어머니에 관련된 이야기는 이전 작품에서 충분히 다뤘고 게다가 사회적 관습에서 벗어난 연애까지 샅샅이 털어놓은 마당에 쏟아졌던 비난과 오해를 정면 돌파하고 싶었던 그녀가 발표한 작품이 바로《부끄러움》이다. 작가로서는 1983년에 발표한《남자의 자리》에서 오로지 체험한 것만을 쓰겠다고 선언한 터라 남의 시선, 그리고 남의 시선이 내면화된 자기검열에 걸려 앞으로 예상되는 불편한 상황을 타개해야만 했다. 그러기 위해 자기 마음의 가장 밑바닥에 깔려 있는 은밀한 치부를 후련하게 떨쳐버린 후에야 비로소 자유로운 글쓰기가 가능했을 것이다. 그녀의 데뷔작《빈 장롱》의 첫머리에서 이미 낙태 체험을 매우 상세하게 다뤘지만 그것은 소설이며 주인공은 아니 에르노가 아니라 드니 르쥐르였다. 이제 더 이상 허구의 가면 뒤에 숨을 수 없었던 작가가 다시 낙태와 실연과 질투 등 자신의 은밀한 내면을 드러내는《사건》(2000),《탐닉》(2001),《집착》(2002)을 발표하기 위해서는《부끄러움》이라는 길목을 반드시 거쳐야만 했을 것이다.

《남자의 자리》에서 시작된 아니 에르노 글의 두드러진 특징인 잦은 행갈이와 널찍한 여백은《부끄러움》에서도 지속되었다. 그리고 전통소설에서 하듯 숫자로 장을 구분하는 대신 그녀는 페이지를 바꾸는 여백을 장치해서 작품을 네 부분으로 분절했다. 숫자로 표시되어 있지는 않지만 편의상 구분한다면 1장은 작가가 열두 살이었던 1952년 6월 15일 일요일 오후 어떤 분노를 자제하지 못한 아버지가 어머니를 낫으로 죽이려고 했던 장면을 상세히 묘사하는 것으로 시작된다. 외동딸로 부모의 사랑을 받으며 지냈던 어린 시절, 그리고 아버지와 어머니에 대한 추억은 이미 전작에서 충분히 다뤘는데, 이 일화만은 1996년이 되어서야 언어로 옮겨진 것이다. 작가는 이 날을 기점으로 그녀의 삶이 양분되었고 그 충격은 그녀 삶에 깊이 각인되었다고 기술했다. 무성영화처럼 언어가 거의 배제되어 이미지만 남은 장면에서 그녀가 기억하는 단어는 노르망디 지방의 저급한 사투리인 "불행을 벌다"란 표현뿐이었다. 작가는 이 장면을 극적으로 꾸며 소설적 효과를 내기보다는 그 시대의 물질적 흔적을 나열하며 가급적 객관화하려고 애썼다. 이 장면이 그녀에게 부끄러움으로 각인된 것은 그녀 가족이 속했던 세계와 그 바깥 세계, 거칠게 말하면 서민 계층과 부르주아 계층으로 양분된 두 세계의 가치관이 충돌하면서 수치심을 불러일으켰기 때문이다.

페이지를 바꿔서 시작되는 그다음 2장은 그녀가 "우리"라고 지칭하는 서민 계층의 세계관, 그들의 생활공간, 시간의식, 의상과 취향, 시간관, 행동규칙, 언어습관, 여가생활 등을 목록화하는 데 할애된다. 이러한 접근방식은 그녀가 느꼈던 수치심의 근원을 피에르 부르디외의 시각으로 설명하려고 했던 것에서 비롯되었다. 부르디외는 인간집단을 생산수단의 소유 여부에 따라 나누는 것에 그치지 않고 한 집단에게 유한 문화자산, 혹은 상징자산과 거기에서 비롯된 생활양식과 일상적 습관을 기준으로 집단을 분석했던 사회학자였다. 그가 서거하자 아니 에르노는 2002년 2월 5일자 일간지 〈르몽드〉에 '슬픔'이란 제목으로 기고한 글에서 "70년대에 《상속자들》 《재생산》 그리고 훗날 《구별짓기》를 읽은 것은 강력한 존재론적 충격"이었다고 회상했다. 3장에서는 '우리'와 대조되는 사립학교의 행동규칙과 생활양식을 상세히 묘사하였고, 마지막 4장은 그 두 세계에 걸쳐있던 작가의 입장을 토로하는 것으로 시작된다. "나는 내가 갇혀 있던 집단의 규범과 법칙을 백일하에 드러냈다. 나를 관통하여 자의식과 세계 인식을 구성하는 언어의 목록도 만들었다. 세상 어디에도 6월 일요일 사건을 위한 자리는 없었다. 그것은 내가 속해 있던 두 세계에 사는 사람 중 그 누구에게도 털어놓을 수 없었다." 그녀는 물질적 궁핍만으로는 설명되지 않는 어떤 수치심에 시달렸는데, 그것은 자신이 지배계층의 생활양식과 언어가 몸에 배지 않았다는 데에서 비롯된 열등감이었다는 것을 깨닫는다. 〈르몽드〉에서 시몬 드 보부아르의《제2의 성》과 부르디외의 책 덕분에 "여자들의 조건과 사회적 세계의 구조에 대한 돌이킬 수 없는 의식화가 분출했다"고 회고한 작가는《부끄러움》을 통해 유산자가 무산자를 물질적으로 착취해서 발생하는 불의보다도 그녀와 가족 그리고 그녀가 속한 집단이 겪었던 상징적 폭력과 소외감이 더욱 뿌리 깊은 근원적 불평등이라고 담담하게 기술하고 있다. 이런 맥락에서 작가는 자신의 전작이 특정 개인의 자전적 성격에서 벗어나 집단적 자아가 대필한 사회학적 자서전이라고 자평한 바 있다.

부르디외의《구별짓기》가 주로 1960년대와 70년대 프랑스 사회의 통계에 근거한 분석이라면《부끄러움》은 시공간적 범위가 극도로 한정된 1952년 여름 프랑스 북서 지방 소도시 'Y시'에 대한 상세한 사회학적 보고서라고 할 수 있다. 프랑스 독자라면 그 시절의 풍습과 생활양식을 재확인하고 반추하는 발견의 즐거움과 복고적 향수에 젖을 수 있지만 한국 독자들은 과연 무엇을 발견하고 느낄지 궁금하다. 은유나 상징 같은 수사학적 장치를 배제하고 오로지 '정확성'만을 추구하는 그녀의 문체는 우리말로 옮겨놓아도 건조하고 딱딱해야 마땅하다. 그 시절 특정계층에 한정된 언어, 몸짓, 유행가, 영화, 잡지, 대중소설 등과 같은 문화적 기호가 우리에게는 별다른 감흥을 자아내기 어렵다. 그럼에도 작가가 겨냥한 글쓰기의 목표 중 하나인 소외된 자들의 고독과 슬픔에 공감할 수 있기를 기대한다.

작품 소개

나 자신의 인류학자가 된다는 것
-아니 에르노의 글쓰기와 어떤 '부끄러움'-

신수정(문학평론가, 명지대학교 문예창작학과 교수)

아니 에르노의 《부끄러움》이 나왔다. 이 책은 감정의 해부학이라는 점에서 그간의 아니 에르노의 작품들, 이를테면 《단순한 열정》 《탐닉》 《집착》 등과 모종의 친연 관계를 형성하고 있지만, 성숙한 여성의 성적 욕망에 대한 탐구의 자리를 부모와 고향으로부터 길어 올린 회상이 대신하고 있다는 점에서 《남자의 자리》 《한 여자》 등의 세계와도 무관하지 않아 보인다. "경험하지 않은 것은 쓰지 않는다"는 철칙하에 소설과 자전의 경계를 모호하게 만드는 작품을 선보여온 아니 에르노의 글쓰기 전략과 관련하여 이야기하자면, 《부끄러움》은 그녀의 과거와 그로부터의 이탈 이후의 삶이 교차하는 자리라는 말을 할 수도 있을 것이다.

“6월 어느 일요일 정오가 지났을 무렵, 아버지는 어머니를 죽이려고 했다”로 시작하는 《부끄러움》은 어머니를 죽이려고 달려들던 아버지에 대한 공포로 얼룩진 열두 살의 어느 일요일 정오를 ‘그날’로 환기하는 것을 잊지 않는다. “그것은 1952년 6월 15일의 일이다. 내 유년 시절의 정확하고 분명한 첫 번째 날. 그전에는 칠판과 노트에 적힌 날짜와 하루하루의 흐름이 있었을 뿐이었다.” (25쪽) 어느 누군가에게는 아무 의미도 없는 숫자에 불과할 ‘그날’은 이리하여 ‘나’의 생을 그날 이전과 이후로 가르는 분기점이 된다. 그날 이후 ‘나’는 다시는 그날 이전으로 돌아가지 못한다. 아버지는 실제로 어머니를 죽이지 않았고, 어떤 끔찍한 일도 없었으며, 심지어 세 식구가 자전거를 타고 산책을 나간 뒤 아무 일도 없었다는 듯 다시 식당 문을 열기까지 했음에도 불구하고, 그날은 여전히 ‘그날’로 기억될 뿐이다. 이제 ‘칠판과 노트에 적힌 날짜와 하루하루의 흐름’만이 존재하는 시간은 ‘나’에게 영원히 사라져버린 것이다.

그렇다면 우리는 이런 질문을 해볼 수 있을 것이다. 그날의 무엇이 그렇고 그런 날들 가운데 하나를 유독 '그날'로 만든 것인가. 부엌에서 꿈지락거리며 남편을 향하여 비난을 퍼붓는 아내, 그런 아내를 향하여 생전 들어보지도 못한 탁한 소리로 고함을 지르며 그녀를 식당 지하실로 질질 끌고 가서 전지용 낫으로 위협하는 남편, 그 모습을 지켜보며 계단에 쭈그리고 앉아 울고 있는 딸. 이 소설에 따르면 '그날'은 이 이미지로 구성된다. 소위 '노동하는 하층 계급' 가정의 어느 일요일 정오를 상상할 때 한번쯤 떠올려볼 법한 이 이미지는 '나'로 하여금 자신이 누구인지를 인지하게 만드는 확실한 '사건'으로 다가온다. 이 이미지가 선명하면 선명할수록 '나'는 자신의 정체성, 즉 자신의 고향에서 '사립학교'를 다니는 몇 안 되는 학생 가운데 하나로서 동기생들 그 누구와도 같지 않은 다른 어떤 사람이 자신이라는 사실을 받아들이지 않을 수 없게 된다. 그런 의미에서 아버지가 어머니를 죽이려고 했던 '그날'은 프로이트식 외상의 드라마라고하기 어렵다. 표면상의 유사성에도 불구하고 정신분석학이나 가족심리학은 '그날'의 실체를 밝히는 데 아무 소용이 없다. 그것은 차라리 처절한 계급의식의 출발점이라고 할 만하다.

사실, 종종 간과되어온 경향이 없지 않지만, '계급'은 아니 에르노의 영원한 테마에 가깝다. 그녀에게 1984년 르노도상을 가져다준 《남자의 자리》는 말할 것도 없고, 마흔일곱의 여성 작가가 가정이 있는 서른다섯 살 동구권 외교관을 향해 귀기어린 열정을 발산하는 《단순한 열정》에서도 계급은 예외 없이 소설의 가장 중요한 모티프로 작용하고 있다. 어쩌면 아니 에르노의 모든 열정, 탐닉, 집착, 그리고 부끄러움은 이 계급이라는 추상의 가장 생생하고도 구체적인 원초적 감정의 일단이라고 할 수 있을지도 모르겠다. 그녀에 따르면, 계급은 추상적인 어떤 것이 아니다. 계급은 '우리 동네'와 그 너머의 '저곳'을 가르는 경계선이자 '우리 동네 사람'과 '이방인'을 구별하는 기준 같은 것이다. 같은 계급에 속한다는 것은 같은 세상에 산다는 것을 의미하며 그것은 결국 "앉거나 웃거나 물건을 들거나 할 때에는 어떤 동작을 하고, 육체와 사물은 어떻게 다뤄야 하는지를 규정하는 방식"(63쪽)이 같다는 뜻이기도 하다.

음식을 낭비하지 않고 만끽하는 방법: 소스를 먹기 위해 접시 옆에 작은 빵조각을 미리 준비할 것. 너무 뜨거운 퓌레는 가장자리부터 먹거나 후후 불어가며 먹을 것. 남아 있는 수프까지 긁어 먹으려면 접시를 기울여 숟가락으로 퍼먹고, 아니면 두 손으로 들고 마실 것.

물을 낭비하지 않고 몸을 깨끗이 하는 법: 이를 닦고 얼굴, 손, 그리고 여름철에는 발까지 닦는 데 한 대야의 물만 쓸 것. 무엇보다 **때 묻은** 옷을 그대로 입을 것.(63쪽)

1952년 프랑스의 소도시 Y에(우리는 이 Y가 작가의 고향 '이브토'를 대체하는 기호임을 안다. 무엇보다도 이 기호가 '루앙'과 '르아브르' 사이에 있는 '우리 동네'를 '이브토'라고 하지 않고 Y라고 표기할 수밖에 없는 작가의 '어떤' 내면 풍경과 관련되어 있다는 것을 알고 또 안다) 살고 있는 '우리 동네 사람'들이라면 마땅히 어떻게 행동하고 생활하고 있는지 구체적인 강령을 들어 묘사하고 있는 이 대목은《부끄러움》이 가리키고 있는 '계급'이라는 추상어의 민낯을 생생하게 드러내 보여주는 부분이라고 하지 않을 수 없다. '음식을 낭비하지 않고'와 '물을 낭비하지 않고'가 다른 글자와 달리 진하게 각인되어 있는 것을 보라. 무엇보다도 '때 묻은'이 환기하는 주목의 강도를 생각할 때, 이 구절의 의미는 더욱 배가된다. 아니 에르노는 장장 몇 페이지에 걸쳐 1950년대 프랑스 소도시 노동계급의 관습과 사투리, 주술, 의식 등을 시시콜콜하고도 구체적으로 재현해낸다. 이 구체성에 대한 열망은 '인류학자'의 그것과 구별되지 않은 채 냉담하게 진행된다. 물론, 이 냉담함의 최대치는 '우리 동네'와 구별되는 '저 너머' 사립학교 동기생들의 삶의 재현을 통해 달성되고 있음은 다시 말할 필요도 없을 것이다.

우리는 진리와 완벽함 그리고 빛의 세계 속에 있다. 다른 세계란 미사에 가지 않고 기도도 하지 않는 사람들의 세계, 오류의 세계이며 그것은 심지어 이름조차도 저주가 되는 듯 이따금 산발적으로만 입에 오르는 세계인데, 그것은 다름 아닌 공립학교이다. (내게 '공립'이란 분명한 의미는 없었지만 막연하게나마 '나쁜'이란 형용사와 동의어였다.) 우리의 세계와 그들의 세계는 모든 점에서 구별된다. 우리는 '공동 식당'이라 하지 않고 '기숙사 식당'이라고 했으며 '외투걸이'라 하지 않고 '옷걸이'라고 했다. '동무'와 '선생님'이라는 말은 공립의 냄새를 풍기므로 '나의 동료' 그리고 '마드무아젤'이라 부르고, 교장선생님은 '친애하는 수녀님'이라 부르는 것이 적절했다. 어떤 수녀님도 자기 학생들에게 반말을 하지 않았고, 다섯 살짜리 아이들이 있는 유아반에서도 아이들을 격식을 갖춰 '여러분'이라고 불렀다.(88~89쪽)

아니 에르노가 사립학교 학창시절을 회상하며 '우리'라는 용어를 사용하고 있는 것에 주의해보자. '나'가 '우리 동네' 사람들에 속한다는 것은 다시 말할 필요도 없을 정도로 분명한 사실이나. 그런데 '나'에겐 또 다른 '우리'의 세계가 존재한다. '나'는 '공립학교'와 구별되는, 심지어 그 세계를 '나쁜'이란 형용사와 동의어로 볼 수밖에 없는 어떤 세계에 포함되어 있기도 하다. 그 세계의 '우리'는 모든 점에서 '그들의 세계'와 구별된다. 사용하는 언어, 훈육의 방식, 격식, 예의, 매너 등등. 그렇게 보면 '나'에게 '우리'는 '우리 동네 사람'을 의미하는 용어임과 동시에 '나'와 같은 학교를 다니는 '동급생들의 세계'까지 포함하는 단어라고 할 수 있을 것이다. '나'에게 학교를 다닌다는 것은 하층 노동계급의 주택과 언어, 그 관습으로부터 벗어나 중상층 부르주아의 세계로의 편입을 의미하는 것에 다름 아니었던 것이다.

아니 에르노는 이 편입이 자신에게 '부끄러움'이라는 감정을 가져다주었다고 회상한다. 이 회상, 이 사실에 대한 인지는 이 소설의 감정적 뜨거움을 가늠하는 중요한 척도이다. 이 소설이 쓰인 1996년에는 이미 프랑스의 저명한 소설가이자 대학교수가 된 아니 에르노는 자신의 유년기인 1952년을 '부끄러움'이라는 감정과 별개의 것으로 회상하지 못한다. 이 소설의 첫 머리에서 회상되었던 그 '사건'은 이 '부끄러움'이라는 감정 속에서만 '사건'으로서의 구성요건을 갖출 수 있을 뿐이다. 그것은 달리 말하자면 자신이 속한 세계, 곧 '우리 동네'와 '우리 아버지' '우리 어머니'로 대변되는 '그 세계'를 '사립학교'의 시선으로 보지 않을 수 없게 되었다는 것을 의미하는 것이기도 하다. 사립학교를 '우리'로 인식하는 순간, '나'는 자신이 거처해온 '우리 동네'와 자신의 존재의 기원인 '우리 가족'을 다시는 '우리'로 받아들이지 못하게 된다. 아무렇게나 풀어헤쳐진 이상한 셔츠 사이로 아무렇지도 않게 자신의 알몸뚱이를 전시하는 어머니를 '나의 동료'들과 '친애하는 수녀님'과 함께 대면하게 되었을 때 '나'가 보인 반응이 이 사실을 입증한다. 그것은 비로소 자신을 둘러싼 친숙했던 세계가 '천박함'이라는 이름에 어울리는 세계에 불과했음을 깨닫게 되는 순간이라고 할 만하다. 그 순간 "우리 존재의 모든 것이 부끄러움의 표식"으로 변한다. "마당의 오줌통, 함께 자는 방(공간 부족으로 인해 우리 계층이 대개 그렇듯 나는 부모와 같은 방에서 잤다). 어머니의 손찌검과 거친 욕설, 술에 취한 손님들과 외상으로 물건을 사는 친척들. 술에 취한 정도를 정확히 파악할 줄 알고 월말이면 통조림으로 끼니를 때우는 우리 삶에 대한 정확한 인식. 오직 이 인식만으로도 내가 사립학교의 무시와 경멸의 대상인 계층에 속한다는 사실이 분명해졌다."(137쪽) '부끄러움'은 이런 식의 계급적 인식과 더불어 찾아온다. '나'는 이제 '부끄러움'이라는 감정의 동요 없이는 자신의 과거를 돌아보지 못하는 존재가 되어버린 것이다.

이런 종류의 '부끄러움'을 아무것도 아닌 것으로 치부하기는 쉽다. 허다한 '자기계발서'가 빛을 발하는 대목이 이 순간이기도 하다. 성공한 부르주아의 신화는 이런 종류의 '부끄러움'을 영웅이 되기 위한 시련의 하나로 언급하고 있을 뿐이다. 그러나 아니 에르노는 단호하게 말한다. "그해 여름의 이미지를 하나하나 거론하면서 나는 내가 '그제서야 나는 알게 됐다'라든지 '나는 ~를 깨달았다'라고 쓰는 경향이 있다는 사실을 발견했는데, 이런 단어는 체험한 상황에 대한 명징한 의식이 있음을 상정한다. 거기에는 이 단어들을 모든 의미 외적인 것에 고정시키는 부끄러움의 느낌만이 있을 뿐이다. 그러나 그 무거움, 그 무화 작용을 내가 느끼지 않도록 할 수 있는 것은 아무 것도 없었다. 그것이 최후의 진실이다."(132쪽) 이 말은 아픈 말이다. '부끄러움'을 '명징한 의식'으로 간주하는 이 말은 그것을 '느껴본' 사람, 그것을 '체험한' 사람이 아니면 절대로 알 수 없는 어떤 감각에 대해서 발언하고 있기 때문이다. '최후의 진실'은 그 감각의 명징함에 있는 걸지도 모른다. 사십여 년의 세월이 흘러도 사라지지 않고 오히려 더 명징해지는 그 감정, 이제는 완전히 '사립학교'의 세계에 정착했다고 간주되는 순간에도 사라지지 않고 여전히 남아 있는 그 의식. 그것은 다른 어떤 것으로도 대체되지 않는 절대적인 부끄러움이다.

아니 에르노의 '부끄러움'은 바로 이런 종류의 부끄러움이다. 그것은 그것을 말하는 것을 부끄럽게 만들지 않는 부끄러움이기도 하다. 때로 그것은 가장 내밀한 '사랑'의 언어로 탈바꿈하는데, 간혹 그녀가 사랑하는 남자들을 향해 그날의 그 사건을 이야기함으로써 자신의 사랑을 전달하려는 것은 그 때문이기도 하다. 물론 그 이야기를 전해들은 남자들은 그것이 사랑의 발화라는 사실을 조금도 인지하지 못한다. 그런 점에서 이 '부끄러움'은 다른 사람들과 소통할 수 없는 독보적 감정이자 어떤 언어로도 발화될 수 없는 비시의 영역이라고 할 수도 있을 것이다. 아니 에르노가 자신의 '부끄러움'을 사라예보의 시장 바닥에 떨어진 박격포탄에 대해 '부끄러움에 목이 멘다'라고 신문에 글을 썼던 몇몇 작가의 그것과 구별하려는 것은 그런 맥락에서이다. 그녀에 따르면 그 작가들이 이야기하는 부끄러움이란 하루아침에 생겨났다가 그다음 날이면 떨쳐버릴 수도 있고, 어떤 상황, 즉 보스니아 내전에는 적용되고 다른 상황, 예컨대 르완다 내전에서는 그렇지 않을 수 있는 개념인 반면, 자신의 그것은 그렇게 하루아침에 사라질 수도 없거니와 각기 다른 상황 속에서 상대적으로 적용되는 개념도 아니다. 그것은 오로지 자신에게만 적용되고 그럼으로써 영원하게 살아 있는 실체와 같다. 그녀와 같은 위치에 있는 작가 중 누가 이런 종류의 이야기를 당당하게 할 수 있을까. 세계사의 현실적 참상을 폭로하는 것보다 자신을 '부끄러움'의 영역으로 봉인해버린 세계의 허위를 기록하는 것을 '글쓰기의 절대조건'으로 내세우고 있는 그녀의 목소리는 너무 근본적이라 위태롭고, 그런 만큼 지나치게 고독하다. 나 자신의 인류학자가 되겠다는 것, 스스로를 글쓰기의 제단에 제물로 바치겠다는 것, 그 순간 자신을 엄습하는 어떤 기억들에 대해서도 추억의 이미지를 덧씌우지 않겠다는 것, 오로지 자신을 인류학적 자료의 일종으로만 취급하겠다는 것. 이 '칼 같은' 각오는 그래서, 슬프다. 그러나 우리는 안다, 어떤 '부끄러움'은 어떤 식으로도 발화될 수 없다는 것을. 그리고 그 사실에 대한 확인이야말로 부끄러움에 관한 최선의 발화라는 사실을. 《부끄러움》은 우리에게 그 세계로 가는 문을 열어준다. 글쓰기가 끝까지 추적해야 할 최후의 진실이 있다면, 바로 그것일 것이다.

1940. 9. 1.	프랑스 릴본에서 식품점 겸 식당을 운영하는 알퐁스 뒤셴느, 블랑슈 뒤셴느 부부의 외동딸로 출생
1945	노르망디 이브토로 이사, 이후 기독교 사립학교, 루앙 대학교와 보르도 대학교에서 프랑스 현대문학 수학
1964	필립 에르노와 결혼, 첫째 아들 에릭 출산
1967	현대문학 교원자격증 취득, 이후 본느빌 고등학교와 안시 르 비유의 엘비르 중학교, 퐁투아즈 중학교에서 1977년까지 문학교사로 재직
1968	둘째 아들 데이비드 출산
1971	현대문학교수 자격시험 합격
1974	《빈 장롱*Les Armoires vides*》 발표
1975	파리 인근 신도시 세르지로 이사
1977	《그들이 말한 것, 혹은 말하지 않은 것*Ce qu'ils disent ou rien*》 발표, CNED 문학교수로 임용되어 2000년까지 재직
1981	《얼어붙은 여자*La Femme gelée*》 발표
1983	《남자의 자리*La Place*》 발표
1984	《남자의 자리》 르노도상 수상
1985	이혼
1988	《한 여자*Une Femme*》 발표
1992	《단순한 열정*Passion simple*》 발표
1993	《밖의 일기*Journal du dehors*》 발표

1997	《부끄러움 *La Honte*》《나는 나의 밤을 떠나지 않는다 *Je ne suis pas sortie de ma nuit*》 발표
2000	《사건 *L'Événement*》《외면적 삶 *La vie extérieure*》 발표
2001	《탐닉 *Se Perdre*》 발표
2002	《집착 *L'Occupation*》 발표
2003	아니 에르노 문학상 제정, 대담집 《칼 같은 글쓰기 *L'Ecriture comme un couteau*》 출간
2005	《사진의 용도 *L'Usage de la photo*》 발표
2008	《세월 *Les Années*》 발표, 마르그리트 뒤라스 문학상·프랑수아 모리아크 문학상·프랑스어 작품상 수상
2011	《다른 딸 *L'Autre Fille*》《검은 아틀리에 *L'Atelier noir*》 발표, 생존 작가 최초로 프랑스 갈리마르 총서에 선집 《삶을 쓰다 *Écrire la vie*》가 편입, 대담집 《왜 글을 쓰는가? *Ecrire, ecrire, pourquoi?*》 출간
2013	《이브토로 돌아가기 *Retour à Yvetot*》 발표
2014	《내 사랑아, 빛을 보아라 *Regarde les lumières mon amour*》 발표, 대담집 《진정한 장소 *Le Vrai Lieu*》 출간
2016	《소녀의 기억 *Mémoire de fille*》 발표, 《세월》 스트레가 유럽문학상 수상
2017	마르그리트 유르스나르 문학상 수상
2022	《젊은 남자 *Le jeune homme*》 발표 노벨문학상 수상

Modern&Classic

부끄러움

1판 1쇄 발행 2019년 4월 22일 **1판 7쇄 발행** 2023년 8월 10일
지은이 아니 에르노 **옮긴이** 이재룡
펴낸이 고세규
편집 신종우 **디자인** 박주희 **마케팅** 이헌영 **홍보** 이혜진

발행처 김영사
주소 경기도 파주시 문발로 197(문발동) 우편번호 10881
등록 1979년 5월 17일(제406-2003-036호)
구입 문의 전화 031)955-3100 **팩스** 031)955-3111
편집부 전화 02)3668-3295 **팩스** 02)745-4827 **전자우편** literature@gimmyoung.com
비채 카페 cafe.naver.com/vichebooks **인스타그램** @drviche
트위터 @vichebook **페이스북** facebook.com/vichebook **카카오톡** @비채책
ISBN 978-89-349-9538-8 04860 책값은 뒤표지에 있습니다.

비채는 김영사의 문학 브랜드입니다.